講談社文庫

ST　警視庁科学特捜班

黒の調査ファイル

今野 敏

講談社

目次

ST　黒の調査ファイル

1

じっとしていても、汗が浮き出てきて、曲げた膝や肘の関節の内側に溜まってしまう。ときおり首筋を、汗が玉になって流れ落ちる。

窓を開けていても、風など入って来ない。今日も熱帯夜だ。昼間、太陽に熱せられたアスファルトの道やコンクリートのビルの壁が、夜になっても熱を放出し続けており、東京の街はどこもかしこも狂おしいほどに暑い。

内藤茂太《ないとうしげた》が住む早稲田《わせだ》の街は、都心に近いからことさらに夜の暑さがこたえる。昼の余熱だけではない。誰も彼もがエアコンをかけているので、室外機から熱が放出される。その熱がまた密集した住宅街の気温を上げるのだ。都心部は熱気の塊《かたまり》と化しているのだ。

内藤茂太のアパートの部屋にもエアコンはある。だが、電気代を節約するためにエアコンは切ってあった。毎月、ぎりぎりの生活をしている。いや、赤字の月のほうが多いのだ。無駄な金は一切使えない。今月の家賃すら払えるかどうか微妙なのだ。

内藤茂太は、役者だった。劇団に属しており、ときにはそのツテでテレビの仕事も回してもらえる。

二時間ドラマのちょい役や、バラエティーの中で放映される再現ドラマなどの仕事だ。映画やVシネマのエキストラの仕事もある。だが、いずれも二束三文の仕事だ。同じ劇団の中には、声優として成功して、羽振りのいい生活をしているやつもいる。彼らはチャンスに恵まれただけだと、茂太は思う。

演技力も容姿も決して彼らに負けてはいない。常に体作りも心がけている。チャンスさえあれば、自分だって一発当てられる。茂太は、今でもそう信じている。

だが、いつまでも夢を追っかけていられるわけではない。現実的なことを考えなければならない。茂太はすでに三十二歳になっていた。

誰かが言っていた。芸能界で成功する連中というのは、苦労などしたことがないのだと。苦労をしていると感じていること自体が、芸能界に向いていないということらしい。売れるやつは黙っていても売れてしまう。それが持って生まれた星というものなのだ。

仕事さえあれば楽しい。そういう意味では苦労しているとは思っていない。仕事がないことが問題なのだ。茂太は、そろそろ何かバイトを探さないといけないと思いながら、携帯電話をいじっていた。暇を持て余しているのだ。

付き合っている相手はいる。西田響子《にしだきようこ》という名だ。だが、この時間、響子はバイトに行っている。彼女もある芸能プロダクションに所属している役者の卵だった。

プロダクションからもらう仕事だけでは生活していけないので、新宿のキャバクラでアルバイトをしている。

テレビを見てもバラエティーばかりでつまらない。汗でじっとりとしたベッドに体を投げだし、部屋の明かりもつけずに携帯電話をいじっていた。

スパムメールがいくつか入っている。いつもなら、すぐに削除してしまう。出会い系サイトの宣伝だの、アダルト・ページの宣伝の類だ。

だが、その日は、ふと好奇心をくすぐられ、URLをクリックした。「盗撮」という言葉に反応してしまった。背徳的で淫靡な言葉だ。

インターネットにつながり、年齢確認の画面になった。茂太は、反射的に「十八歳以上」という項目をクリックした。「規約」というページがあり、「十八歳以上の人が自分自身の責任において当サイトを利用してください」とか、「このサイトは、会員制で、登録された時点から課金されます」などと書かれている。茂太は、何気なく「同意」を押した。

すると、次の画面が現れた。

「何だ、これ……」

茂太はつぶやいた。

その画面のトップには「携帯電話情報通知」というタイトルがあり、「携帯電話の情報を送信します、よろしいですか？」と書かれている。その下に、「はい」と「いいえ」の項目が並んでいる。

「冗談じゃねえ」

茂太は、さすがに危ないと感じ、間違いなく「いいえ」をクリックした。

次の画面に移行した。

茂太は眉をひそめた。

「まさか……。嘘だろう……」

その画面には、「入会ありがとうございます」の文字があった。

そして、茂太が使っている機種名や、現在位置などが記されていた。それらの情報を提示した上で、「登録を完了しました」というメッセージがあった。

さらに、「使用期間、九十日間、費用四万円」とある。現在は、キャンペーン期間中で、三日以内に振り込むのであれば、二万九千円の特別価格で済むというふうに書いてあった。

茂太は慌てた。たしかに、「いいえ」をクリックしたのだ。なのに、携帯電話の情報を先方に送ってしまったことになっている。

「なんだよこれ……。嘘だろう」

茂太は、また最初からやってみた。何度やっても同じことが繰り返される。入会を取り消そうにも、その方法がどこにも書かれていない。振り込み口座は、都市銀行のネット用の口座だ。

なんとかして登録を取り消せないかあれこれ試してみたが無駄だった。そのときの茂太の思いは、「あーあ、やっちまった」だった。

とにかく、自分でURLをクリックしてしまったのだから、自分に責任がある。アダルト・ページにアクセスしようとしたという後ろめたさもある。

誰にも相談などできないという気がした。次に考えたのは、もし払わなかったときの相手の出方だ。相手は、こちらの情報を手に入れている。そして、茂太は間違いなく「規約」に「同意する」をクリックしているのだ。

これは逃れられないと感じた。

本当に魔が差したとしか思えない。いつもなら、無視するスパムメールだ。それを好奇心に駆られてクリックしたばかりに、こんなことになってしまった。

携帯電話を見つめたまま、泣き出したいような気分になった。

今の茂太にとって四万円というのは大金だ。毎月、家賃を払ってしまったら、たいした金は手もとに残らない。一ヵ月二万円ほどで暮らすことも珍しくはない。

その次に考えたのは、いかに被害を少なくするかということだった。三日以内に振り込めば二万九千円で済む。四万円と二万九千円ではえらい違いだ。

すっかり頭に血が上ってしまった茂太は、一刻も早く振り込んでしまわなきゃと思った。ぐずぐずしていると、さらになんだかんだ言って課金されてしまいそうな気がしたのだ。

登録手続きが済んでしまったのだから仕方がない。解約の方法もわからない。ならば、さっさと二万九千円を振り込んでしまうことだ。そうすることが、最も被害が少なくて済む。

支払いが滞った場合には、規定の延滞料金を加算するとか、契約者情報を調査して法的な措置をとることもあるなどと書いてあった。ならば、最小限の出費で済ましてしまうのが一番いい。

そう思うと、居ても立ってもいられない気分になった。幸い、口座にはまだ十万ほどの金があるはずだった。家賃のために取っておいた金だが、こうなれば仕方がない。月末にはどこかから金を工面すればいい。

茂太は、暑苦しいアパートの部屋を出た。外も蒸し暑いが、部屋の中にいるよりはいくぶんかましな気がした。

いつも行く一番近くのコンビニから、カードで振り込みをした。

二万九千円。

今の茂太には、身を切られるほどの金額だ。だが、あんなサイトにアクセスした自分が悪いのだ。さっさと振り込んでしまって、早く忘れてしまったほうがいい。

それにつけても、自分の愚かさに嫌気がさす。あんなサイトにアクセスさえしなければ、こんなことにはならなかったのだ。ホントに携帯のボタンを一回押すか押さないかで運命が決まってしまった。そんな気さえした。

コンビニからの帰り道、ひどく情けなくなり、とぼとぼと歩いた。

ちくしょう。二万九千円もあれば、響子を、気のきいたレストランに連れていってやることもできたじゃないか。

下を向いて、アパートへの帰り道を歩いていると、本当に涙が滲《にじ》んできた。

その三日後に、仲本一平《なかもといっぺい》と会った。一平は茂太と同じ年のフリーターだ。劇団の同期だったが、すでに一平は早々と役者稼業に見切りをつけ、少しばかり怪しげなものを含めてこれまでにいろいろな仕事に就いてきた。パチンコ店の店員をやっていたと思えば、風俗の客引きなどもやった。クラブのスカウトもやっていたらしい。

仕事はころころと変えるが、決して新宿歌舞伎町《かぶきちょう》から離れようとはしなかった。歌舞伎町が気に入っているのかどうかはわからない。だが、一平のように、この街から離れられないやつはたくさんいる。

若い頃はよく二人でゴールデン街などで飲み明かしたものだ。先輩の役者や演劇・映画関係者、文筆家などが集まるゴールデン街で飲んでいると一人前になったような気がしたものだ。

茂太はその頃から早稲田に住んでいた。早稲田のあたりは学生が多く、安いアパートもたくさんあり、物価が安かった。学生相手の定食屋などは安くて量が多く、おおいに助かる。

だが、いつかは、早稲田から脱出してやると思っていた。売れっ子の芸能人は六本木や銀座で飲み歩き、目黒区に住むのだ。茂太は早くそうした連中の仲間入りをしたいと思っていた。

一方、一平にはそういう欲はなさそうだった。ただその日その日を何となく暮らしているだけだ。一平のこだわりは、歌舞伎町から離れないということだけだ。だから、仕事も歌舞伎町周辺で探すことになる。勢い、いかがわしい連中や危険な人々とも関わりになることもあるが、本人はまったく気にしていないようだった。

茂太と一平は、同期というだけでなく気があった。お互いに自分にはないものを相手の中に見つけたのかもしれないと、茂太は思う。一平は、何事にもあっけらかんとしている。一方、茂太は物事にこだわる質《たち》だ。

一平と会うのは久しぶりだった。西武新宿線の駅の近くにある安い居酒屋に入った。茂太は懐《ふところ》が心許《こころもと》なかった。できれば、コンビニあたりでつまみを買って自宅で飲みたかった。そのほうが安上がりだ。

「学生じゃないんだぜ」

一平がそう言って、結局外で会うことになった。一平は茂太よりはるかに金回りはよさそうだった。

新宿の街はいつも混み合っている。真夏に向かう今の季節、若い女たちは肩や胸元、背中や太ももを犯罪的なくらいに露出している。

居酒屋に入り、生ビールで乾杯した。

がぶ飲みをするとそれだけ金がかかる。茂太は、ゆっくりと飲もうと思っていたが、外を歩くだけでたっぷりと汗をかき、すっかり咽《のど》が渇いていたので、ジョッキの半分ほどを一気に飲み干してしまった。うまかった。

茂太は、先日の携帯の会員制サイトの話をした。一平は、目を丸くした。

「びっくりだな」

「だろ?」茂太は言った。「そんなサイトがあるなんて驚きだよな」

「そうじゃねえよ。今時、そんな典型的なワンクリック詐欺にひっかかるやつがいるってことが驚きなんだ」

「ワンクリック詐欺……?」

一平は、苦笑を浮かべた。

「まったく世間知らずにもほどがある。そんなの無視すればいいんだよ」

「でも……」今度は茂太が驚く番だった。「こっちの機種名や居場所まで書いてあった」

「そんなのは、ケータイが相手にアクセスするときに送っている一般的な情報なんだ。個人情報とはまったく別物だ。表示された情報からおまえの身元が割れることなんて、ほぼ百パーセントあり得ない」

「だって、支払わない場合は電話会社から個人情報を得て、法的な措置をとることもあるって書いてあった……」

「そんなの脅しだよ。あくまでも無視。それが原則だ」

「だって、たしかにこっちからアクセスしたんだから、責任があるだろう……」

「お人好しも度が過ぎるとばかだぞ。電子消費者契約法っての、知らないのか？」

「なんだそれ……」

「インターネットなんかで買い物をするときの契約の方法についての法律だ。事業者は、消費者に対して、契約の内容を確認するページを提示しなければならない。この法律で、ちゃんとそう決められている。つまり、確認画面がない電子契約は無効なんだ。だから、無視すればいいんだ」

「たしかに……、普通のホームページとは違ったな」

「そりゃそうだ。ヒッカケなんだからな」

「でも、アクセスした瞬間は、やばいって思っちまって……。ほら、こっちからアクセスしてるっていう負い目があるじゃないか。そして、なんだかこっちの個人情報を握っている、みたいなことも書いてあるし……」

「振り込め詐欺ってのは、まず慌てさせることが第一なんだ。冷静になって考えればおかしいって思うことでも、その瞬間は追いつめられた気分になる」

「まさにそうだな……」

茂太は自分はひっかけられたのだと思うと、無性に腹が立ってきた。

一平が言った。

「だから、こういう詐欺や詐欺に似たものにひっかかるやつは、たいていすぐに振り込みをする。一日経って振り込むようなやつはあまりいない。二日以上経つと、まず振り込むやつはいない。短時間のうちにいかに振り込ませるかが勝負なんだ」

たしかに一平の言うとおりだった。不安に駆られ、コンビニに走ったのだ。もし、これが昔のように翌朝まで銀行振り込みの手段がなければ、一晩待つしかない。その間に頭も冷えて、さすがにおかしいと気づくかもしれない。

「だけど、被害が二万九千円程度で済んでよかったじゃないか。授業料だと思えよ」

一平にそう言われると、茂太の怒りは募った。

「冗談じゃない。今の俺にとって二万九千円というのは大金なんだ」

「だからといってどうしようもないさ」

「俺だけじゃなく、こういうのにひっかかっているやつはたくさんいるんだろうな……」

「ああ。パソコンなんかにもメールを送りつけている業者もいるからな。ヘタな鉄砲も数撃ちゃ当たる。たかだか、二万九千円でも、十人が振り込めば二十九万、百人が振り込めば二百九十万円だ。もしかしたら、千人以上騙されるかもしれない。パソコンやネットの初心者だと、コロッと騙されるだろうからな」

「ちくしょう。そんな詐欺師たちに仕返しする方法はないのか？」

「ないね」

一平はあっさりと言った。

「敵は尻尾を出さない。被害者と接触することはまずない。架空の口座に振り込みをさせるんだ。その口座も、インターネット上で売り買いされたものだ。もっとも、そのへんも法律が変わって、銀行では口座の持ち主の身元確認を厳しくするので、架空の口座というのもなかなか持ちづらくなる。だから、今が稼ぎ時とばかりに、連中はあの手この手を考えるわけだ」

「相手の連絡先が書いてあったぞ。異議がある場合は電話しろと書いてあった」

「それこそ向こうの思うつぼだよ。電話したとたんに、おまえの電話番号が向こうに表示されるんだ。相手は電話になんか出ない。個人情報がほしいだけだ」

「おまえ、詳しいな……」

一平は肩をすくめた。

「おれおれ詐欺、やろうかと思って、いろいろ調べたからね」

「何だって？」

「一昨年くらいだったかな。まだあまりおれおれ詐欺が知られていないころ、新聞で読んで、頭がいいやつがいるもんだと思ってね。しばらく、けっこうマジに考えてた。結局、やらなかったけどな」

「あたりまえだ。犯罪だぞ」

「それに最近じゃ組織でやってるからね。組関係が講習会やって、チェーン展開してるってんだから、笑っちゃうよな」

「被害者の俺としては、笑えないね」

一平のビールを飲むピッチが上がり、口もよく回るようになっていた。

「とにかく、やつらは決してターゲットと接触はしない。そして、バックは組関係だ。仕返しなんてできるはずないよ」

茂太は、唇をかんだ。

「なんとか、俺をひっかけたやつらを特定できないかな……」

「無理だね。それができれば、警察が検挙しているだろう」

「方法はあるはずだ。こっちの個人情報をさらす覚悟があれば……」

「おい、何を考えているんだ？」

「相手が穴の中に隠れているんだったら、燻《いぶ》しだしてやればいい」

一平は鼻で笑った。

「素人《しろうと》が太刀《たち》打ちできる相手じゃないよ」

「やってみなければわからない」

「考えるだけ無駄だよ。あきらめろよ」

茂太は、ぐっと身を乗り出した。

「金の問題じゃないんだ。人を騙して儲けているやつがいるということが許せないんだ。被害にあうのは、たいていは善人だ。そんな最低なやつらに、俺はひっかけられた。俺は、この先、眠れない夜にこの屈辱を何度も思い出すだろう。そして、蒲団《ふとん》の中で口惜《くや》しさに身もだえするんだ。冗談じゃない。そんなのはまっぴらだ」

「正義漢面《づら》するこたあねえだろ」

「別にそんなんじゃない。被害者のままでいるのが口惜しくてたまらないんだ。俺から金をだまし取ったやつらは、その金がどんなに大切なものか考えてもいない。だからさ、同じ口惜しさを味わわせてやりたいんだ」

一平の顔つきが変わった。真剣な眼差しで茂太を見る。

沈黙。二人は互いに顔を見合っていた。やがて、一平は慎重な口調で言った。

「簡単に見つかる相手じゃない。警察ですら手を焼いているんだ」

「ダメもとでやってみるさ」

「へたをすると、殺されるぞ」

一平の口調には現実味があった。

「どうかな。やってみなければわからない」

「だから、何をやろうっていうんだ？」

茂太は一平の反応を見ながら言った。

「そいつらに振り込め詐欺を仕掛けて、金を巻き上げてやろうじゃないか」

「何だって……」

「俺は役者だ。どんな役だってこなせる。誰にだってなれるんだ。それが武器だ」

一平の眼の輝きが増した。

「本気か？」

「本気だよ」

「後悔することになるぞ」

「一世一代の大舞台だ。役者冥利《みょうり》に尽きるじゃないか」

一平はしばらく何事か考えていた。何杯目かのビールをお代わりし、それをぐいと飲むと茂太の顔を見据えて言った。

「振り込め詐欺をやるにも、単純なおれおれ詐欺じゃだめだ。劇場型の振り込め詐欺じゃないと……」

「どういうことだ？」

「つまり、一人じゃだめだということだ」

「人を巻き込みたくはないな……」

「俺は退屈してたんだ」

茂太は、一平の顔を見て、にやりと笑ってみせた。

「そう言うと思っていた。実は、おまえは計算に入っていたんだ。もともとおれおれ詐欺に興味を持っていたんだろう？」

「一世一代の大舞台という台詞《せりふ》が気に入ったんだよ」

「久しぶりに役者魂に火がついたというわけか？」

「とにかく、相手を見つけることだ。いろいろなツテを当たってみる」

「ツテがあるのか？」

「ああ。長年歌舞伎町で生きていると、裏稼業の知り合いも何人かできる」

「俺は、まずメールで送られてきた電話番号にがんがんかけてみる。何か反応があるかもしれない」

「協力してくれる人間が必要だ」一平は言った。「気心の知れたやつらがいい。そして、大切なのは筋書きだ。ちゃんとした絵が描けなきゃペテンはうまくいかない」

「絵を描く……？」

「つまり、全体の設計図をきちんと作るってことだ」

茂太は血が熱くなるのを感じつつ言った。

「それは俺にまかせてくれ」

役者はもらった役をこなすだけではだめだと、茂太は常日頃思っていた。創作的でなくてはならない。いずれ、戯曲も書いてみたいし演出にも興味はある。

「じゃあ、たたき台を作ってくれ。それを俺が検討する」

「いいだろう」

茂太はうなずいた。なにせ、一平は茂太より世間のことをよく知っている。

「いいか……」一平は真剣な顔で言った。「相手が特定できるかどうかはまだわからない。どうしてもわからないときは、きっぱりと諦めるんだ」

「ああ、わかってる。俺は金がほしいわけじゃない。俺をペテンにかけたやつらに一泡吹かせたいだけだ」

「よし」一平がうなずいた。「やってみようじゃないか」

2

焼け跡というのは、すさまじいものだ。

まず臭いがひどい。木材が焼けるだけでも膨大な煤《すす》が出てその独特の臭いがする。ビルの中だと、それにさまざまな合成樹脂の建材が焼ける臭いが混じる。

百合根友久《ゆりねともひさ》は、ハンカチで口と鼻を押さえていたが、それでもこまかな煤が鼻や咽の奥に入り込んで来そうな気がしていた。それに足場がひどく悪い。何もかもが濡れており、壁や天井から真っ黒い水がしたたってくる。

「警部殿、火事場は初めてかい？」

菊川吾郎《きくかわごろう》が百合根に声をかける。菊川は警視庁捜査一課所属の刑事だ。階級は警部補。かつて、菊川は、自分よりずっと年の若いキャリアの警部である百合根を、皮肉を込めて「警部殿」と呼んでいた。だが、今ではそれがただの「愛称」になっていた。

「初めてじゃありません。所轄を回っていたときに経験しています」

「だが、ただの『見習い』だろう。本格的に火事場の捜査をしたことはあるのか？」

百合根は、そう言われて気後れしていた。百合根は、警視庁科学特捜班、通称STの班長だ。組織上は係長ということになる。キャリアの警部が係長というのも特殊だが、そもそも科学特捜班自体が少々特殊だった。

メンバーは警察官ではない。科学捜査研究所の科学吏員だ。STは科学捜査研究所に所属している。本来、分析や科学捜査技術の研究など縁の下の力持ちである科学捜査研究所の職員が、現場に出て捜査に加わることになったのは、所長の桜庭大悟《さくらばだいご》警視の野心のせいといってもいいかもしれない。

火事の現場は歌舞伎町。コマ劇場の裏の通りと区役所通りの交差点のそばにある、路地裏の小さな雑居ビル内の風俗店だった。

かつて、キャバクラ嬢などが死亡した火災があった場所からそれほど遠くない。幸い、あのときより被害は少なかった。フロアの一部を焼いただけで済んだ。

STのリーダー、赤城左門《あかぎさもん》が百合根に近づいてきて言った。

「焼死体でも出たか、キャップ」

STのメンバーは百合根のことをキャップと呼ぶ。

赤城は、いつものようにうっすらと無精髭《ぶしょうひげ》を浮かべている。髪もきちんと整ってはいない。それが、彼の場合不潔さではなく男の色気を感じさせる。独特のよく透る低音も、そんな彼のイメージを強調している。

百合根はこたえた。

「幸い、被害者はいないようです」

「ならば、俺の出番はないじゃないか」

赤城の専門は法医学だ。彼は医師免許を持ったれっきとした医者だ。

「火事なんだから、第一化学が専門の黒崎《くろさき》と物理担当の翠《みどり》がいればいい」

「ばかやろう」菊川吾郎が言う。「STは五人そろってナンボじゃねえか」

菊川はSTと刑事たちのパイプ役を仰せつかっている。

「ふん」赤城がこたえる。「俺はもともと一匹狼なんだ」

赤城はいつもそう言う。だが、彼ほどリーダーの資質に恵まれている者はいない。百合根はいつもうらやましく思っていた。現場ではいつしか彼の周囲に人が集まってくる。それも鑑識係員などのプロがやってきて赤城を援助しはじめる。それはいつ見ても不思議な光景だった。

赤城が言った物理担当の結城《ゆうき》翠は、今日も挑発的に肌を露出した服装だった。黒いタンクトップに蛍光グリーンのミニスカートという姿だ。

彼女の露出の多さは、一年中変わらない。だから夏になると、多少は目立たなくなる。周囲との比較の問題なのだ。何でも結城翠は閉所恐怖症で、その露出癖も閉所恐怖症の一つの現れなのだという。

所轄の刑事や鑑識係員は翠のことが気になってしかたがないらしい。何人もの捜査員たちがちらちらと彼女のほうを盗み見ている。消防士たちも同様だった。

無理もないと百合根は思う。胸はタンクトップからあふれ出しそうだし、太ももは大部分が露《あら》わになっている。黒いタンクトップと白い肌のコントラストが刺激的だ。煤と焼けこげだらけの火事場に、おそらく最も似合わないのが翠だった。だが、本人はまったく気にしている様子はない。

第一化学の黒崎勇治《ゆうじ》は、黙々と仕事をしている。おそろしく無口な男で、普段から必要最小限のことしかしゃべらない。武者《むしゃ》修行が趣味という変わった面を持っている。見かけも、長い髪を後ろで束《たば》ねており、まるで野武士のようだ。

化学事故やガス事故の鑑定をするのが第一化学の仕事だから、火事の現場検証では彼が重要な役割を果たす。ただ、化学物質が専門というだけではない。嗅覚がおそろしく発達しており、かすかな臭いを嗅ぎ分けることができる。科学捜査研究所の一般職員時代には、「人間ガスクロ」の異名をとっていた。ガスクロというのは、ガスクロマトグラフィーのことで、揮発性物質の分離同定をすること、またはそのための機械のことだ。まさか、本当にガスクロマトグラフィーほどの能力があるはずはないが、黒崎が常人をはるかに超えた嗅覚の持ち主であることはたしかだ。

百合根は、翠と黒崎に近づいて尋ねた。

「火元はわかりましたか?」

黒崎は、無言で床の一点を指さした。百合根はそちらを見た。たしかに、黒崎が指さしたあたりが一番激しく燃えているように見える。

「火は生き物のように振る舞う」翠が言った。「獲物に襲いかかるように、酸素と可燃物を求めて手を伸ばし、呑み込んでいく。だから、その足跡が燃え跡に印《しる》されるの」

翠は壁から天井へと視線を移動させた。

黒こげの跡がまるで大蛇のように見えた。たしかに翠の言うとおり、それは生き物がはい回った跡のように見える。

「失火でしょうか、放火でしょうか?」

百合根が尋ねると、翠が周囲を見回した。

「まだ確実なことは言えないわね。消防署のプロの見解も聞いてみなければならないし、聞き込みも必要だわ。ただし……」

翠は、視線を部屋の反対側に向けた。そこでは、刑事が誰かから話を聞いていた。どうやら、焼けた風俗店の関係者らしい。

翠は言った。

「彼は、この部屋には火の気はなかったと言っているから、放火の可能性は無視できないわね」

もちろん、百合根には、刑事と風俗店の関係者との会話など聞こえない。彼らとは遠く離れすぎている。この距離では、翠以外の誰にも彼らの会話を聞き取ることはできないだろう。翠の超人的な聴覚のなせる業《わざ》だ。

「でも、風俗店なんでしょう？」百合根と翠の話を聞いていた山吹才蔵《やまぶきさいぞう》が言った。飄々《ひょうひょう》とした口調だ。「部屋で煙草《たばこ》くらいは吸うでしょう」

翠が山吹に言った。

「あんた、坊主のくせに、風俗店の部屋のことなんて知ってるわけ？」

「はい。存じております」

「生臭坊主《なまぐさぼうず》ね」

「婆子焼庵《ばすしょうあん》……。人は木石《ぼくせき》に非《あら》ず、ですからね」

山吹は穏やかに言った。

翠が山吹のことを坊主と言ったが、それは事実だ。山吹は曹洞宗《そうとう》の僧籍を持っている。実家が禅寺で、山吹も修行させられたのだ。山吹の専門は第二化学。薬学の専門家で、薬物による殺人などの際に活躍する。麻薬・覚醒剤にも詳しい。坊主刈りにしており、常に背筋をぴんと伸ばした姿は雲水《うんすい》そのものだ。

「煙草の火の不始末か……」菊川が顔をしかめた。「だとしたら、STが来るまでもなかったな」

「火元は、客室じゃないらしいよ」

いつの間にか、青山翔《あおやましょう》が近づいてきていた。

おそろしいくらいの美青年だ。女だけでなく男もその美貌には思わず見とれてしまう。青山を見ていると、間違いなく美しさは力なのだと思わずにはいられない。

菊川が青山に尋ねた。

「つまり、客にサービスをする部屋じゃないということか?」

「そう。ロッカールームだって……」

「ロッカールーム?」

「女の子が着替えをする部屋」

菊川は思案顔で言った。

「クラブやキャバクラなら、着替えの部屋が必要だが、こういう風俗店はそれぞれの持ち部屋で着替えをしたりするものと思っていたがな……」

「さすがに詳しいね」

「商売柄な……」

菊川は苦い顔をした。

「ここは、特殊浴場みたいに設備がしっかりしているわけじゃない。ベニヤで仕切ってベッドを一つ置いたような小部屋が並んでいただけなんだ。だから、女の子の荷物や私服なんかはロッカールームに入れていたらしい。ロッカールームといっても、事務所にロッカーを並べて、間仕切りを置いただけだったらしいけどね」

「おまえ、なんでそんなこと知ってるんだ？」

「所轄の人が従業員に話を聞いているのを、脇で聞いていたんだ」

「珍しく熱心に仕事しているじゃないか」

「僕はいつも熱心だよ」

「嘘つけ……」

「キャップ」

赤城が百合根に声をかけた。百合根は赤城のほうを振り向いた。

「黒崎が、どうも妙だと言っている」

「妙……？」

百合根は黒崎のほうを見た。黒崎は無言でかすかにうなずいただけだ。百合根は尋ねた。

「何が妙なんです？」

無口な黒崎に代わって、赤城がこたえた。

「何が燃えだしたのかわからないというんだ」

百合根は思わず眉をひそめた。

「何が燃えだしたかわからない？　それはどういうことです？」

「一番激しく燃えているのは、あそこのカーペットだ。だから、あのカーペットが火元だということはわかる。だが、黒崎に言わせると、カーペットに火をつけたものが何だかわからないらしい」

「だから……」菊川は言った。「煙草の火か何かなんじゃないのか？」

「煙草だったら、臭いでわかると、黒崎は言っている」

「臭い？」菊川が怪訝《けげん》そうな顔をした。「おい、こんなひどい焼け跡の臭いの中で、火事の原因となったちっぽけな煙草の臭いがわかるというのか？」

赤城は平然とこたえた。

「こいつにはわかる」

そうかもしれない、と百合根は思った。余人には無理だ。だが、黒崎の嗅覚をもってすれば可能かもしれない。

菊川は、黒崎を見た。

「ならば、漏電とかの可能性もあるな。ここは古いビルだ」

翠がかぶりを振った。

「漏電は、通常天井裏や壁の中が火元になるの。この火事は明らかに床のカーペットから燃え広がっている」

「店の関係者の詳しい話が聞きたいですね」

百合根が、所轄の刑事たちのほうを見ながら言った。

菊川は不機嫌そうだった。

「新宿署のやつら、向こうからSTに出向いてくれって依頼しておいて、妙によそよそしいじゃねえか」

「仕方がありませんよ」百合根は言った。「STのメンバーとどう付き合っていいのかわからないのでしょう」

それは百合根自身の経験から出た言葉だった。

「どうして俺たちにお呼びがかかったんだ?」

赤城が言った。

「別に不思議はありませんよ」百合根は言った。「捜査協力が僕たちSTの仕事ですから」

「ただの火事場の検証で、俺たちが呼ばれるものか」

赤城がそう言うと、菊川が、顎をしゃくった。その先には新宿署の捜査員がいた。難しい顔をして、捜査員同士で何事か話し合っている。

「連中に直接訊《き》いてみればいい」

「そうするよ」

赤城は、新宿署の捜査員たちに近づいていった。

「あ、ちょっと待ってください」

百合根はあわててその後を追った。赤城はかまわず新宿署の捜査員たちに声をかけた。

「なあ、俺たちは何で呼ばれたんだ?」

新宿署の捜査員たちは胡散《うさん》臭げに赤城を見た。無精髭の男に反感の眼《め》を向けている者もいる。警察官は公務員だから、身だしなみにはうるさい。

　捜査員の一人が言った。

「ここにいるやつは、何でここに来ていると思う？」

　赤城はにこりともせずに言った。

「あんたは、何者だ？」

「有島《ありしま》浩一《こういち》。新宿署刑事課強行犯係の係長だ」

　有島は、四十代後半の見るからに有能そうな刑事だ。オールバックにした髪には一分の乱れもない。おそろしく暑いが、背広を着ていた。ここで背広を着ているのは、有島だけだ。

「俺たちを呼んでおいて、意見を聞こうともしない。どういうことだ？」

「知らんよ」

「知らない？」

「少なくとも、俺たちはあんたらを呼んではいない」

　有島のその言葉に、青山が言った。

「じゃあ、僕たち帰ってもいいんだね？」

　有島は、青山を睨みつけようとしたようだ。だが、見事に失敗してしまった。青山の美貌に位負《くらいま》けしてしまったのだ。

菊川が言った。

「たぶん、このビルは訳ありなんだろう。強行犯係の仕事というより、組対の仕事かもしれない」

有島が菊川のほうを見た。何か言いたそうにしていたが、結局何も言わなかった。

百合根は思わず眉をひそめた。

「どういうことです？」

「組織的な対立関係があったということでしょう？」青山が言った。「つまり、新宿署では、この火事を放火だと考えている。たぶん、そう考えるだけの根拠があるんだ。きっと僕たちに、放火であるという証拠を見つけてほしいんだと思うよ」

菊川は、有島に尋ねた。

「そうなのか？」

有島は、他の捜査員たちと顔を見合った。それから、菊川に言った。

「組対に訊いてくれ」

かつて、暴力団や中国マフィア関係は本庁の捜査四課や所轄の暴力犯係が担当していた。だが、警察組織の改編で、新たに警視庁には組織犯罪対策部が、警察署には組織犯罪対策課が設けられた。

組織犯罪は、もはや課と係で対処できる問題ではなくなってしまったのだ。

菊川が言った。

「その言い分は通らねえな。じゃあ、ここに新宿署の組対を呼んで来いよ。俺たちは警視庁《ホンブ》から来てるんだ。ガキの使いじゃねえ」

こういうときの菊川は凄味《すごみ》がある。百合根は思わずたじろいでしまう。だが、有島はさすがに新宿署の強行犯係の係長だ。ひるんだ様子もなく言った。

「そうとんがるなよ。俺たちだって、組対の情報を詳しくつかんでいるわけじゃない。特に、組対部が独立してから、刑事部に情報が回りにくくなっている」

よかれと思って断行した組織改編が裏目に出ることもある。なるほど、有島の言うとおりなのかもしれないと、百合根は思った。刑事部ですべてを処理しているときには、情報は共有しやすい。

刑事部長の指示一つで捜査一課と捜査四課がすぐに協力する態勢を組むことができる。しかし、部をまたぐとそれだけややこしくなるのだ。特に、警察の組織は情報を秘匿したがる傾向がある。部長同士の駆け引きもあるだろう。

キャリアとしては無視できない問題だと、百合根は考えていた。

菊川が言った。

「知ってることを話せばいいんだ」

「あんたたちは、火事の原因を突き止めればいいんだ。あとのことは、俺たちがやる」

「ガキの使いじゃないと言っただろう」

百合根は、有島と菊川のやり取りにはらはらしていた。別に対立する理由などない。どうして、お互いにもっと穏やかに話ができないのか……。間に割って入ろうかと思った。

そのとき、唐突に有島がにっと笑った。

「相変わらずだな、菊やんは……」

菊川もほくそえんでいた。

「そっちもな」

百合根は驚いた。

「お知り合いですか？」

「別の職場の刑事同士が知り合いなのは珍しいことじゃない」菊川が言った。「しょっちゅう異動になるし、帳場で顔を合わせることもある」

どうやら、二人はわざと言い合いをしていたようだ。犬がじゃれていたようなものだ。百合根は、ほっとするとともに、何だか腹が立った。なんで、この人たちは普通の大人のように素直に話ができないのだろう。

赤城が言った。

「俺は、あんたらの趣味の悪い遊びに付き合っている暇などないんだ」

有島は、赤城を見てそれから菊川を見た。

「組対は来ない。火事はあくまで強行犯係の仕事だ」

赤城が尋ねた。

「さっき青山が言ったことについてはどうなんだ？」

「青山って誰だ？」

「そこで退屈そうにしているやつだ」

「たしかに組対は、火付けだと考えているようだ。このビルは中国マフィアの持ち物だ。対立する中国マフィアがなかなかのやり手でな。王卓蔡《おうたくさい》というやつだ。対立する勢力を次々とつぶしている」

「それだけじゃ、火付けの根拠とは言えない」

「このあたりで、最近、小火《ぼや》が立て続けに三件起きている。いずれも出火原因がよくうのか？」

「その小火のすべてが、王卓蔡とかいう中国マフィアと対立するやつの持ち物だといわからない」

「そこがややこしいところなんだ」

有島は言った。

「ここを含めて四件の火事のうち、二件、つまり半分は王卓蔡と対立している中国マフィア所有のビルだ。半分というのが微妙だと、俺は思う。だが、組対はカムフラージュを含めて王卓蔡の手の者が火付けをして歩いているのだと読んでいる」

菊川が思案顔で言った。

「何かかなり確実なネタを握っているということだな……」

有島はうなずいた。

「組対は、あちらこちらにハトを飼っているからな」

ハトとは情報源、つまりスパイのことだ。

「じゃあ、なぜ組対が現場に来ないんだ？」

「ここは、マフィアの街だ」有島が言った。「組対が動いているということを、マフィアたちに知られたくないんだ。今の組対を知っているか？　まるでやり方が公安だよ」

　たしかに、刑事部とやり方は多少違うかもしれないと百合根は思った。組織犯罪対策部を新設するにあたり、公安の外事課などのノウハウを持ち込んだのも確かだ。

　菊川は、その話題には触れたくないようだ。話題を変えてしまった。

「火付けというのはやっかいだな。悪条件が重なれば、かなりの範囲に延焼する恐れがある。どの程度の被害が出るか誰にも予測はできない。それに、中国マフィアが所有しているビルや店舗といっても、マフィアが働いているわけじゃない。多くは日本人の女性が働いているわけだ」

「そう。たしかに火事は恐ろしい」有島の表情が曇った。「だが、それだけじゃないんだ。このあたりの連中は、なぜかこの小火を妙に恐れている」

　菊川が怪訝そうな顔をした。

「そりゃ、放火魔がうろうろしているとなれば、誰だって警戒するだろうが……」

「過去の小火は、放火だとは断定されていない。放火の痕跡はなかった。今でも原因がよくわかっていない」

「放火じゃないって……？」

「放火じゃないとは言っていない。その証拠が見つかっていないんだ。そして、火事が起きるときには、必ず奇妙な前触れがある」

「前触れ……？」

有島は、所轄の仲間の顔を見回した。所轄の連中も有島と同様に、落ち着かない様子になっていた。

「そう。怪奇現象のようなものだ」

「へえ……」急に青山が割り込んできた。「どんな現象が起きるの？」

有島は、青山を見て、その美貌に気圧《けお》されるようにあわてて眼をそらした。

「誰も手を触れていないのに、突然テレビの電源が切れたり、テレビから変な声が聞こえてきたり……。パソコンが使えなくなるという話も聞いた。時計が狂ってしまうというのも複数の場所で聞いた」

「ふうん……」青山は言った。「ようやく、僕たちの仕事らしくなってきたじゃない」

菊川はうなずいた。

「最初からそういう情報を提供してくれればよかったんだ」

「こっちだって、STが来るなんて聞いていなかったから、面食らっていたんだよ」

菊川が尋ねる。

「STを呼んだのは、刑事課じゃないというのは本当なんだな？」

「ああ。組対か、あるいはもっと上の判断だろう。俺たちは、現場をはいずり回るだけだ」

赤城は翠に尋ねた。

「怪奇現象と小火……。何か関係があると思うか？」

「心当たりがないでもない」

有島たち所轄がいっせいに翠を見た。そして、その瞬間にどこを見ていいのかわからないような顔になった。

有島が遠慮がちに翠のほうを見ながら尋ねた。

「心当たりがあるって、本当か？」

「ないわけじゃないと言ったのよ。まだ確かなことは言えない。いろいろと調べないと……」

「やはり放火ということか？」

翠は複雑な表情になった。

「放火だとしても、それを証明することはできないかもしれない……」

有島は眉をひそめた。

「それはどういうことだ?」

翠は、焼けた室内を見回した。

「とにかく、もっと本格的に調べなきゃ……」

彼女はそうつぶやいただけだった。

3

「暑い」

仲本一平が思いきり顔をしかめた。

「狭い」

一平がさらに言う。

「汚い」

実際そのとおりだが、あからさまに言われて、内藤茂太はちょっとむっとした。

「仕方ないじゃないか。俺のうちで打ち合わせをやると言いだしたのはおまえだ」

「こんな部屋に住んでいるとは思わなかった……」

「場所を変えるか？」

一平はしばらく考えてからこたえた。

「いや。あまりうろうろしたくない。どこで誰が見ているかわからないからな」

茂太はふんと鼻で笑った。

「俺たちはまだ何もしていない。ただ打ち合わせをするだけじゃないか」

「素人はこれだから困る」一平は、いっぱしの悪党のような口調で言った。「へたをすると、ヤバイやつらを相手にしなければならない。組関係だ。彼らはどこにアンテナを張り巡らせているかわからない。用心するに越したことはないんだ」

「それにしても、飲み会をやるだけだ。誰が気にする?」

「この中の誰かが、敵に見られたとする。極道はすぐに身元を洗い出す。そして、つるんでいたやつ全員を探し出す」

茂太は、一平の用心を少し過剰だと思っていた。だが、同時に怯《おび》えてもいた。言いだしたのは茂太だ。今さら後には退《ひ》けない。

一平と茂太は、ゴールデン街でよくいっしょに飲んだ役者の先輩に声をかけていた。駒田直人《こまだなおと》という名で、四十過ぎのこれも売れない役者だ。時代劇の脇役などでたまに声がかかるらしい。

駒田を誘った理由は、彼の腕っぷしだった。駒田は、本物のチャンバラをやりたいという夢をよく語っていた。それというのも、彼は実際に美作竹上流《みまさかたけがみりゅう》という古流武術を長年修行しているかららしい。本物の武術の迫力を、時代劇の殺陣《たて》に活かしたいというのが本人の弁だ。

竹上流は、小太刀や捕縄《とりなわ》を特徴とするが、太刀ももちろん使うし、柔術も使うと、駒田が言っていた。つまり、いざというときに役に立つ実戦的な武術だということらしい。

その駒田が、茂太と一平の話を聞くなり乗り気になった。

「人の弱みにつけ込んで金を儲けようというやつらが、一番嫌いなんだ」

駒田はそう言った。そして、駒田は今、一平や茂太といっしょにこの部屋にいた。

今日は、計画を練るための初顔合わせだ。

駒田の他に、二人の女性がいる。一人は、馬明麗《まめいれい》という名の中国人女性だ。一平が連れてきたのだ。歌舞伎町のスナックで働いているという。色が透き通るように白く、肌はすべすべだった。眼が印象的な美人だ。

商売柄、ヤクザの知り合いも多く、そちらの情報に通じているという。夜の世界の情報網はばかにはできないと、一平は言った。

そして茂太が付き合っている西田響子も駆けつけた。響子も、茂太の目論見《もくろみ》を聞くと即座に計画に参加したいと言った。

「すっごい、おもしろそう」というのが、彼女の言い分だ。そして、「悪いやつらを演技力で騙せたら、役者冥利に尽きるじゃん」と彼女は言った。

まずは、酒の安売り店で買ってきた発泡酒の罐で乾杯した。ビールは高くて手が出ない。つまみも乾きものだ。だが、文句はいえない。

「おい、エアコンがあるじゃないか」一平が言った。「壊れているのか?」

「いや」茂太は正直に言った。「電気代を節約している。ワンクリック詐欺にひっかかって、家賃も払えるかどうかわからなくなったからな……」

「電気代くらい、俺が払う。頼むから冷房を入れてくれ」一平が言った。「窓を閉めたいんだ。どこから見られているかわからないし、話が外に洩れるかもしれない」

「大げさだな……」

茂太が顔をしかめると、一平は真顔で言った。

「いいか? はっきりと言っておく。遊び半分だったら、やめておけ。命がいくつあっても足りない。俺はな、歌舞伎町から何人ものやつがいなくなったのを知っている。昨日、街角でばか言い合っていたやつが、突然いなくなるんだ。そいつは、たぶん、ばらばらにされて山の中に埋められているか、重りを付けられて海の底に沈んでいるんだ」

茂太は、苦笑しようとしたができなかった。一平の顔があまりに真剣だったからだ。茂太には、人が殺されるという実感がない。だが、一平はおそらく、それを身近に感じているのだ。

「わかった」

茂太は、窓を閉めてエアコンのスイッチを入れた。滅多《めった》に使ったことがないので、最初は煮詰まったコーヒーのようなひどい臭いがした。

明麗が、口と鼻を押さえた。

「臭い。窓開けて」

一平が明麗に言う。

「窓を開けたら何にもならないだろう。だいじょうぶだ。臭いはすぐに収まる」

一平が言ったとおりだった。臭いはすぐに我慢できないほどではなくなり、そのうちに気にならなくなった。

「まず、茂太をはめたやつらだが……」本題を最初に切り出したのは一平だった。

「その後、電話はしてみたのか？」

「した」茂太はこたえた。「だが、呼び出しても相手は出なかった」

一平はうなずいた。

「相手は個人情報がほしいんだ。おまえの電話番号が手に入ればそれでいいんだ」

「電話番号を手に入れて、どうするんだ？」

「カモリストに載せる。他の業者がそれを見て、アクセスしてくる。じきに、いろいろな詐欺の電話がかかってくるぞ」

「こっちから、相手を特定する方法はないのか？」

「あれば、連中はすぐに捕まっちまう。直接被害者と接触しないことが大原則なんだ」

「だが、契約金を払わない場合は、取り立てに行くだの、法的措置を取るだのと書いてあった」

「だから、そんなのは全部脅しなんだ。実際にのこのこ金の取り立てなんかに出向いたら、その場で御用って恐れもある。振り込め詐欺をやるやつらは、被害者とは絶対に接触しない」

「じゃあ、あきらめるしかないのか？」

「相手の電話番号を教えてくれ。たぶん、転送屋が間に嚙んでいる。ツテがあるからその線から当たってみる」

「転送屋？」

「文字通り、掛かってきた電話を契約者のところに転送する仕事だ。当然、一通話ごとに料金がかかる」

「他になにかできることは……？」

「そうだな……。相手の電話番号にがんがんかけてみてくれ。もしかしたら、電話に出るかもしれない」

茂太は、即座に「わかった」とは言えなかった。曖昧な返事をすると、一平が言った。

「何だ？　何か問題でもあるのか？」

「ケータイもいつ止められるかわからない。料金をちゃんと払えるとは限らないんで……」

一平はあきれた顔をした。他の連中も一瞬白けた表情になった。響子までが溜め息をついている。

「それくらいのこと、心配しないで」響子は言った。「出世払いで立て替えてあげるわよ」

「ヒモみたいな真似はしたくない」

茂太が言うと、一平は茂太を睨んだ。

「おい。本物のヒモが聞いたら気を悪くするぞ。ヒモは、絶対に貢《みつ》いでくれる女に不満を抱かせない。並の男にできることじゃないんだ」

「俺にもプライドがあると言いたいんだ」

一平は、一同を見回した。

「何かやるには、多少の元手がいる。言い出しっぺの茂太には金がない。ならば、払えるやつが都合するしかない。計画がうまくいって、金が手に入ったら、その分は実費として請求できる。それでいいな？」

「いいわ」響子は言った。「だから、心配しないで、ケータイやエアコンくらいは使って」

「私も、それでいい」

明麗が言った。

「俺も金はない」駒田が言った。「だから、その面では協力できない」

一平が言った。

「駒田さんには、金以外のところでおおいに働いてもらいますよ」

茂太は言った。

「わかった。しつこく電話してみる。それで、相手が出たらどうするんだ？」

「支払いの件で相談があると言って、何でもいいから相手から手がかりのようなものを聞き出すんだ」

茂太はうなずいた。

一平が茂太に尋ねた。

「それで、どんな筋書きで行くか考えたか？」

茂太は、明麗のほうを見て言った。

「彼女を見て、すぐに思いついたよ。駒田さんには、中国マフィアの大物になってもらう。明麗がその秘書兼愛人というわけだ」

「マフィアの愛人……？」明麗が細い眉を寄せて、眉間にしわを刻んだ。「それ、不愉快ね」

茂太はあわてて言った。

「本当に愛人になるわけじゃない。そういう役をやってもらうということだ」

「それにしても、マフィアは嫌い」

中国人だけに、実感があるのかもしれない。中国マフィアは、おそらく彼女たちの生活に有形無形の影響を及ぼしているのだろう。

一平が明麗に言った。

「詐欺をやっているやつらを、やっつけるためなんだ。多少のことには目をつむってくれ」

一平がそう言うと、明麗は肩をさっとすくめた。不本意だが仕方がないという態度だ。

「俺がマフィアのボスか……」駒田が言った。「おもしろそうだ」

茂太は説明した。

「一平が言ったとおり、相手は直接の接触を避けたがるでしょう。だから、電話でのやり取りが多くなると思います。明麗からいくつかの中国語を習う必要があるでしょう。それがはったりになります」

「わかった」駒田が言った。「俺のほうからも提案があるんだが……」

「何です？」

「いざというときのために、腕に覚えのあるやつがもう一人くらいいてもいいだろう」

茂太は一平の顔を見た。一平がうなずいた。茂太は駒田に尋ねた。

「心当たりがあるんですか？」

「ああ。とんでもなく強いやつがいる。竹上流の宗家のお気に入りだ。東京から岡山の本部道場に何度か通っただけで奥伝まで進んじまった。俺など足元にも及ばないほど強い」

「仕事は何をやっている人ですか？」

「東京都の公務員だと言っていたが、詳しいことは知らない」

一平が渋い顔をした。

「気心の知れないやつは、あまり入れたくないな……」

「だいじょうぶ」駒田が言った。「俺は何度も会っているが、信用できるやつだ。腹も据わっている。おそらく、目の前に刀を突きつけられても顔色一つ変えないだろう。あんなやつは、今まで見たことがない」

「まあ、先輩がそう言うのなら……」一平は茂太を見た。「俺は異存はありませんよ。リーダーは、茂太だ。茂太が決めればいい」

駒田が茂太を見た。茂太は言った。

「いいでしょう。駒田さんを信用しましょう」

「じゃあ、さっそく話をしてみる」

「その人の名前は？」

「黒崎勇治だ」

4

警察が火事の現場に出向くのは、そこに何らかの犯罪性がないか調べるためだ。出火原因の特定は、消防署の仕事だ。

署に戻ると、有島係長は百合根をはじめとするＳＴのメンバーと菊川を小会議室に案内し、消防署の見解を説明した。

「聞き込みの結果、出火当時、火元となった部屋は無人だったことが明らかになった。誰も部屋には入っていない。その点は、我々も確認した。部屋には鍵がかかっていたんだ。従って、消防署では何らかの事故だったのかもしれないと言っている」

「部屋に鍵がかかっていた？」百合根が思わず尋ねた。「あそこはロッカールーム兼事務所だったんじゃないですか？　室内に誰もおらず、しかも鍵がかかっているというのは、不自然じゃないですか？」

「ああいう店は、二十四時間営業ができるわけじゃない。風営法があるし、最近は都の条例がなかなか厳しくなっている。夜中の十二時までが営業時間だ。その代わり、最近では早朝から店を開けているところもあるがな……。十二時に店じまいをして、それから売り上げの集計や掃除だののメンテナンスをやる。それが終われば、スタッフも引き上げる。当然、店内が無人になる時間帯もある」

もちろん、百合根も風営法は知っている。だが、何となく、歌舞伎町あたりだとそうした法の網をかいくぐって営業しているような印象があったのだ。それはどうやら誤解のようだ。考えてみれば、誰も従わなければ法律の意味はなくなる。新宿署の生活安全課も違法店の摘発には力を入れている。多くの風俗店は、ちゃんと風営法に従っているのだ。少なくとも表面上は……。

菊川が言った。

「部屋が無人だったというのは、確かなんだろうな？」

「焼けたドアは、間違いなく鍵がかかった状態だった。消防署によれば、ドアが閉じていたので、あの程度の火事で済んだと言っている。スチール製のロッカーがずらりと並んで、窓をふさいでいた。つまり、酸素が供給されなかったんだ。消火されるまでドアは閉ざされていた。そして、部屋の中に焼死体はなかった。つまり、無人だったということだ」

「確認したか？」

「ああ。ドアはたしかにロックされた状態で焼けていた。錠の金具が熱で溶《と》けてくっついていたから明らかだ。焼け落ちてからロック状態にされたんじゃない。ロックされた状態で焼けたんだ」

「何か仕掛けがあったんじゃないのか？　時限発火装置のような……」

「菊やんたちだって現場を見ただろう。そんなものは何もなかった。痕跡すらない。ただカーペットが焼けていただけだ」

その点については、黒崎も触れていた。何が発火したのかわからないと、黒崎は言っていたらしい。

菊川が考えながら言った。

「じゃあ、消防署が言うとおり、何かの事故だったのか？」

有島は意味ありげな表情になった。

「消防署は、事故だったかもしれないと言っているんだ。事故と断定しているわけじゃない」

「おまえさんは、事故だとは思っていない。消防署も実は、事故だとは思っていない。そういうわけか？」

「過去に小火があったという話をしただろう。実は、すべての過去の小火も似たような状況なんだ」

「似たような状況……？」

「つまり、まったく人がいない場所で出火している。今回と同様に、鍵がかかっていたり、明らかに無人であったり……」

菊川は、無言で有島の顔を見つめた。

「おい、ただの火事場の現場検証じゃ済まなくなってきたじゃないか……」

有島は苦い表情になった。

「組対は、裏に中国マフィア同士の対立があると睨んでいる。だから、俺たちが放火の証拠を見つけられないことに苛立っている」

それを聞いて、赤城が言った。

「ようやく俺たちが呼ばれた理由がはっきりしてきたじゃないか。つまり、組対の働きかけで、上が動いて、俺たちを呼び出したというわけだ」

「だからさ」有島が言う。「俺たちは、本当にSTが来るなんて知らなかったわけだ」

百合根は言った。

「僕たちの役目は、捜査に協力することなんです。捜査を邪魔することじゃありません。きっとお役に立てると思います」

有島が百合根に言った。

「あんたが班長なんだってな？　何だか頼りないがだいじょうぶか？」

菊川がにっと笑って言った。

「おい、失礼だぞ。こちらは、警部殿だ」

有島がわずかに背を伸ばした。

「キャリアか……」

「そういうことだ」

有島は、百合根のほうを見て決まり悪そうに言った。

「そいつは、どうも……」

「いえ、気にしないでください。捜査の経験という意味では、刑事のみなさんの足元にも及びません」

「本気にするなよ」菊川が言った。「この警部殿はこう見えても、なかなかの切れ者だ。じゃなきゃ、一癖も二癖もあるSTのメンバーを束ねていられるわけがない」

「なかなかの実績があるんだってな」

有島は菊川に尋ねた。キャリアの警部と知って、百合根には直接訊きにくいようだ。

「最初は、俺も科捜研が現場に来て何の役に立つのかと疑問に思ったよ。鑑識がいるじゃないか、ってね。だが、これまでにややこしい事件をいくつも解決している。こいつらは、クセはあるが、役に立つことは確かだ」

「じゃあ、頼りになるところを見せてもらおうじゃないか」有島は言った。「今回の火事をどう思う？」

百合根は、黒崎を見た。発言を求めたつもりだったが、黒崎は何もしゃべろうとしない。しかたがなく、百合根が説明した。

「火元は、あの部屋の床にあったカーペットだということははっきりしています。しかし、何が発火したのかわからないのです」

有島はうなずいた。

「過去の三件の小火のときもそうだった。漏電なんかの事故で出火したように見えるが、出火場所はいずれも、電気系統から遠い場所だった」

「今回もそうですね」百合根は言った。「火元は床に置かれたカーペット。その上には電気製品もなければ、電線やテーブルタップの類もなかった……」

翠が有島に尋ねた。

「過去の小火の際に、前触れのような現象があったと言ったわね？」

「ああ。近所の者たちは怪奇現象だと言っている」

「今回はどうなの？」

「ちょっと待ってくれ」

有島は、立ち上がり小会議室の戸口から部下を呼んだ。二人の係員がやってきた。

初老の刑事と若い刑事の二人だ。

「本件を担当する勝呂《すぐろ》幸吉《こうきち》と上原《うえはら》一郎《いちろう》だ」

「勝呂です」

初老の刑事が言った。ごま塩頭に日焼けした顔。顔つきは柔和《にゅうわ》だが、眼は鋭い。

若いほうが無言で頭を下げた。こちらが上原だ。

有島は、勝呂に尋ねた。

「聞き込みの結果を詳しく説明してくれ。まず、過去三件の小火のときのような怪奇現象が起きていたのかどうか……」

勝呂は落ち着かない様子で言った。

「たしかに、同様のことが起きていたようですね。あのビルには、飲食店も入っており、比較的遅くまで営業している店もありました。現場の一階下のスナックの女性従業員の話だと、カラオケのモニターでテレビの深夜番組を見ていると、突然画面が乱れたそうです。他の店でも、妙なことが起きています。有線でなく、CDをかけている店があったんですが、CDプレーヤーから突然音が出なくなったそうです。まだ、聞き込みの初期段階ですが、さらに聞き回ればいろいろ出てくると思います」

有島は、勝呂と上原に言った。

「突っ立ってないで、座れよ」

勝呂は、律儀に一礼してから有島の隣の席に座った。明らかに有島より勝呂のほうが年上だ。勝呂はもともと謙虚な性格なのかもしれない。あるいは、階級を気にしているのかもしれない。警察では、年齢や経験よりも階級や役職が優先される場合が多い。

上原も腰を下ろした。上原は、ちらちらと翠のほうを見ている。気になって仕方がないらしい。

有島が翠に言った。

「怪奇現象と小火との関連で、何か心当たりがあると言っていたな？」

「どこかでそんな話を聞いたことがある。その程度のことよ」

「頼りないな……」

「今回の出火場所は、たしか、金属製のロッカーに囲まれていたのよね？」

「そうだ。事務所兼女性従業員のロッカールームだったので、部屋にはぐるりとロッカーが並んでいた」

「火元のカーペットはそのロッカーに囲まれるような形で置かれていたわね？」

「そうだ」

百合根は、なぜ翠がロッカーにこだわるのか不思議に思い、尋ねた。

「ロッカーの中に何かあったと考えているのですか？　何か、火種になるようなものが……」

翠はきょとんとした顔になった。

「そんなこと、考えてないわ」

「じゃあ、どうしてロッカーのことを気にするんです？」

翠は何か言いかけて、自らそれを打ち消すようにかぶりを振った。

「いや、まさか、そんなこと考えられない……」

有島が苛立ったように言った。

「協力してくれるんだろう？　何か知っているのなら説明してくれ」

翠は、それにはこたえず、逆に有島に向かって言った。

「過去三件の小火の詳しい資料がほしいわ」

「そう。火元はどんなところで、どんな状況にあったか……。いずれも人気《ひとけ》のないところで出火したというのは確かなのね？」

「それは確かだ。俺たちも調べたし、消防署でも調査した。放火だったら、痕跡を見逃さない」

「でも、組織犯罪対策課では放火だと考えているのね？」

「そのようだな」

「強行犯係の心証はどうなの？」

有島は、横にいた勝呂の顔を見た。勝呂も見返した。それから有島は、翠のほうに向き直りおもむろに言った。

「放火だ」

「中国マフィアが絡んでいるのね？」

「そうだ。だが、それは今では組対の仕事だ。俺たちの仕事は、火事の犯罪性を証明することだ」

菊川が大きく深呼吸してから言った。

「中国マフィアか……。STとの初仕事も中国マフィアがらみだったな……」

「そうでしたね……」百合根が言った。「台湾マフィアと香港マフィアを対立させようという陰謀があった……」

「台湾マフィアと香港マフィアか……」有島は苦い顔をした。「今回は、そのどちらでもない。北京出身のインテリ・マフィアだ」

菊川が尋ねた。

「犯人の目星《めぼし》がついているのか？」

「ああ。この街で組織犯罪と戦っているのは、組対だけじゃない。殺人に傷害、強姦、誘拐……。この街で起きるそうした事件の多くは、組織犯罪がらみだ。当然、俺たち強行犯係だってマフィアたちと関わらなけりゃならん。ちょっと前までは、刑事課の強行犯係と暴力犯係で、共同戦線を張っていたんだ」

「組対ができて、やりにくくなったということか？」

有島は肩をすくめた。

「別に……。面倒な仕事をすべて任せられるんで、楽できるようになったよ。傷害事件が起きようが、中国人ホステスが行方不明になろうが、ヤクザ者と中国マフィアが路上でぶつかろうが、すべて組対に任せちまえばいいんだからな。今回の火事にしたって、俺たちの仕事は限定されている。放火かどうかを判断すればいいんだ。放火だという証拠がなければそれまでだ。楽な仕事じゃないか」

その言葉を額面通り受け取るわけにはいかないと、百合根は思った。

有島は明らかに苛立っている。まだ改編された組織の運用に慣れていないということもあるだろう。もしかしたら、組対の誰かと個人的な確執があるのかもしれない。

とにかく、今の状態を面白くないと感じていることは確かだ。

「その北京から来たマフィアだが……」菊川が尋ねた。「何というやつなんだ？」

「王卓蔡。滅多に表に姿を現さないやっかいなやつだ」

「相手がわかっているのなら、やりようもあるだろう」

「だから言ってるだろう。中国マフィアは俺たちの担当じゃないって……」

百合根は、有島のこのかたくなさには何か理由があるに違いないと思った。

「組対の協力を仰いではいかがです？」

百合根がそう言うと、有島がさっと百合根を睨んだ。すごい目つきだった。

「俺たちは火事のことだけを調べていればいいんですよ。余計なことに手を出すことはない」

「それって、矛盾してますよ」

百合根は言った。

「何が矛盾なんです」

「今回を含めて四件の小火があった。その背景には中国マフィア同士の対立がありそうだと、あなたは考えている。小火の原因を調べるためには、中国マフィアのことを調べなければならないとあなたは思っている。しかし、組対と手を組むのは嫌だという。これ、矛盾じゃないですか」

「仕事の領分の問題ですよ」

そのとき、菊川が言った。

「俺が言えば問題ないだろう？」

有島が驚いた顔で菊川を見た。

「どういうことだ？」

「本庁《ホンブ》の俺が要請すれば、所轄の組対なんだから、嫌とは言えないだろう」

有島は難しい顔になった。

「組対といっしょに仕事をするのが嫌なのか？」

菊川が尋ねると、有島がこたえた。

「俺は別に嫌じゃない。問題は、向こうがどう考えるか、だ」

「直接、聞いてみようじゃないか。中国マフィアを担当しているのは誰だ？」

「組対課・組織犯罪係だ。係長は梶尾久《かじおひさし》警部……」

「警部で係長か？」

「別に珍しいことじゃない。うちくらいのマンモス署になると、警部がごろごろしているからな」

「その梶尾さんとやらだが、ここの組対の前はどこにいた？」

「公安の外事二課にいた」

菊川は、とたんに渋い顔になった。

「なるほど、おまえさんが嫌がる理由がわかるような気がする」

「おそらく、想像以上だよ」

「とにかく、話を聞いてみようじゃないか」

有島は、諦め顔だ。

「しょうがない。菊やんがそう言うのなら、課長を通じて話をしてみる。ちょっと待っていてくれ」

有島は、部屋を出て行った。

同じ署内でもこうした確執があるものなのかと、百合根はあらためて思った。警視庁は役所としての側面が強く、勢い人事面でいろいろな対立があったりする。警察庁になるとその傾向はさらにはっきりしてくる。派閥もあれば、入庁の年度によるかなり排他的な結束のようなものもある。

現場の警察署というのは、もっと効率的なものだと思っていた。だが、組織というのは、多かれ少なかれ同じような問題を抱えるもののようだ。

有島が出て行くとすぐに赤城が翠に尋ねた。

「怪奇現象と小火、ロッカーにカーペット……。いったい、どういうことなんだ？」

「調べてみないとわからない」

翠は、記憶を探るように自分の手もとを見つめていた。

「でも、何かひっかかる。たしか、似たような話を聞いたことがあるような気がする……」

相変わらず、若い上原は、ちらりちらりと翠のほうを、特に彼女の露《あら》わになっている胸の谷間を盗み見ている。

翠がさっと勝呂と上原のほうを見ると、上原はあわてて眼をそらした。

翠が言った。

「過去の三件の小火のこと、詳しく教えてくれない？　現場の様子とか……」

勝呂が咳払いをしてから、律儀な口調で話しはじめた。

「最初の事案は、七月三日未明のことだから、ちょうど一ヵ月ほど前のことだね。場所は、新宿区歌舞伎町一丁目九番……。ビルの三階にある飲食店の厨房から出火した」

「厨房……？」

「そうだ」

「広さは？」

「三坪ほどの狭い厨房だ。小さな中華料理店でね……。出火時刻は、午前二時から三時の間。当然、店は無人だったし施錠されていた。鍵が壊されたり、ピッキングされた形跡はなかった。二つ目の小火は、そこからあまり離れていない雑居ビルの空き部屋だった。最初の小火から六日後、つまり七月九日のことだ。ミニクラブだったんだが、焼けるちょっと前に店を閉めて空き部屋だったんだ。調度品はまだ置いたままだった。ビルの持ち主は、居抜きで借りる相手を探していたらしい。調度類を置きっぱなしにしていたので、鍵をかけていた。ここも人が出入りした様子はない」

「火元は？」

「ソファだ」

「そのミニクラブ、内装はどんなだったの？」

「内装……？　私ら、焼け跡しか見ていないからね……」

「火元のソファの周辺は、どんな様子だった？」

「当然、ひどく焼けていたよ」

「何か変わったことはなかった？」

「変わったことねえ……。店の端っこの席だったな……」

若い上原が遠慮がちに言った。

「テーブルに囲まれていたじゃないですか」

翠が上原に尋ねた。

「テーブルに囲まれていたって、どういうこと？　普通は、テーブルをソファが囲んでいるんじゃないの？」

上原はまぶしそうに翠を見て言った。

「テーブルを積み上げていたんですよ。店内の清掃のためだと思います。積み上げたテーブルが、火元のソファを囲む形に並んでいたんです」

「そのテーブルの材質は？」

「詳しい材質はわかりません」

「木でできていたの、それとも金属？」

「金属です」

翠は何事か考えながらうなずいた。

勝呂が説明を続けた。

「三件目は、さらにそれから十日後。七月十九日のことだ。やはり、最初の小火があったビルの近くだ。今度は、鍼灸院《しんきゅういん》が燃えた」

「鍼灸院？」

百合根は思わず聞き返していた。歌舞伎町のど真ん中に鍼灸院があるということが意外だった。

「ああ」勝呂は、こたえた。「表向きは鍼灸院だが、実はモグリの医者だ。院長は中国人でね……。日本では医者の資格はないが、中国で免許を取っていたのかもしれない。中国マフィア同士の抗争なんかで怪我人が出るだろう？　そういうときにここに担ぎ込まれるのさ」

翠が尋ねた。

「出火の時刻は？」

「やはり、夜中の二時から三時の間。すべての火事でその点は共通している」

「鍼灸院がその時間までやっているはずはないわね……」

「そう。当然無人だった。鍵もかかっていた。この部屋も出火当時、人が出入りした様子はない」

「火元は？」

「ガーゼだ。それが包帯に燃え移り、カーテンや衝立《ついたて》に燃え移った」

「ガーゼはどういう状態で置かれていたの？」

「メスやら何やらの医療器具の上に被せてあった」

「その周囲の様子は？」

「どこにでもある鍼灸院の治療室だ。患者を寝かせるベッドが二台並んでいた。そこはカーテンで仕切られていたようだ。そのカーテンが燃えたんだ。その脇に細長い作業台のようなものがあり、その上に薬品の入った棚があった。その棚の前に金属製の皿があり、中にメスやピンセットなんかが並べられていた。ガーゼはその上に被せられていたんだ」

「その作業台の材質は？」

「おそらくステンレスだったと思う」

「金属であることは間違いないのね？」

「間違いない」

「その台の上にあった棚の材質は？」

「スチール製の棚だった」

「いくつか並んでいたの？」

「そう。薬を入れる棚の脇には、同じくスチール製の本棚があり、書類が並んでいたようだ。すっかり焼けていたから、どんな書類かはわからん」

「なるほど……」

翠は考え込んだ。

何か明らかになったことがあるのだろうか。百合根は、翠に尋ねてみようかと思った。そのとき、部屋のドアが開いた。

有島に続いて、見知らぬ男が入ってきた。目立たない男だ。故意に目立たない恰好をしているような印象がある。百合根は、彼と同様の雰囲気を持つ連中を知っていた。公安だ。

「紹介します」有島が言った。「組対課・組織犯罪係の梶尾係長だ」

梶尾は公安の外事二課からやってきたと有島は言っていた。なるほどと、百合根は思った。

梶尾は、何も言わずに一同を見回した。その表情からは何も読み取ることができない。STのメンバーを初めて見た警察官は、必ず何らかの反応を示す。驚きの表情を見せる者が圧倒的に多いが、翠の服装や、青山の美貌に啞然《あぜん》とする者も少なくない。だが、梶尾はまったく表情を変えなかった。

有島が元の席に着いた。梶尾はそれを見て強行犯係の三人からも、百合根たち本庁から来た者たちからも離れた席に座った。

「さて、そちらのご希望どおり、組対の中国マフィアの担当者にも来てもらったわけだが……」有島が言った。「何か質問は？」

「梶尾さん」菊川がまず尋ねた。「組対では、今回の火事を放火だと考えているようだが、その根拠は？」

梶尾は、菊川のほうを見た。しばらく菊川を見つめている。値踏みしているような眼だと百合根は思った。やがて、梶尾は言った。

「このところ、浄化作戦や都の迷惑条例などで、表面上歌舞伎町の情勢は沈静化しています。しかし、水面下では中国マフィアの対立がにわかに激しくなっている。かつては台湾マフィアと香港マフィアの力が強かった。しかし、最近は中国本土の経済発展を背景に新興勢力の本土系の中国マフィアが力をつけてきたのです。相対的に、香港マフィアや台湾マフィアの力が低下し、微妙なバランスが崩れてきたというわけです」

　菊川が質問した。

「王卓蔡というのがその本土系の新興マフィアというわけか？」

　梶尾は、無表情のまま聞き返した。

「その名前をどこで……？」

　菊川がこたえる前に、有島が言った。

「俺が教えたんだ。最近の中国マフィアの抗争事件の背後には必ず王卓蔡がいる」

「だから、刑事課は軽はずみだというんです」梶尾が言った。「捜査情報をおいそれと外に出すものではありません」

　有島がこたえた。

「外に出したわけじゃない。彼らは本庁から捜査協力のために来てくれたんだ」

「しかし、STというのは、警察官ではない。警察官ではない者に捜査情報を教えるというのは危険です。しかも、王卓蔡の名前など教える必要はない。火事の原因の特定に、彼の名前など関係ないでしょう」

「刑事は情報を共有する」菊川が言った。「それが刑事のやり方だ」

「残念ながら、刑事のやり方ではもう組織犯罪に対抗することはできません」

と、私は思っています」

「だから、公安のやり方でやるというのか？」

「そうです」梶尾は、顔色も変えずにあっさりと言ってのけた。「それが最も有効だと、私は思っています」

「それはけっこうだ」菊川は明らかに、気分を害している。「だが、こっちだって遊びに来たわけじゃない」

百合根は、はらはらしていた。刑事と公安の仲が悪いというのは、もはや定説だ。両者では捜査の方法自体が違うのだ。

刑事はこつこつと情報を集め、点を線でつないでいく。公安はいっせいに網をかける。日本にはアメリカのＣＩＡのような情報機関がない。公安の捜査員たちは、その任を担っているのだという自負がある。当然、誇りも高い。

「当然です。遊びに来られちゃたまらない」梶尾は平然と言った。「ちゃんと仕事をしてもらいます。火事の原因を突き止めてもらいますよ。それも納得のできる形でやってもらいたい」

菊川の眼差しがだんだん凄味を帯びてくる。百合根はますます落ち着かない気分になってきた。

「今回を含めて最近四件の火事があった。いずれも小火で大事には至らなかったものの、周囲では妙な評判が立っているらしいじゃないか」

「妙な評判とは……？」

「火事が起きる前触れとして、怪奇現象が起きるという評判だ。聞いているんだろう？」

「もちろんそういう噂は聞いています。しかし、あれですよ。都市伝説の類だと、私は思っています。最近では、ネットの発達で、簡単に都市伝説が広まる。短時間に、広範囲に広がっていくのです」

「都市伝説……」

菊川が眉をひそめた。

「そう。しかも、王卓蔡の組織が意図的に流した噂がもとになっている可能性があります。そうすることで、対抗勢力が浮き足立つ。中国人は迷信に弱いですからね」

「迷信……？」青山が発言したので、百合根は驚いた。「火事が、呪いか何かのせいだと思わせようとしたわけ？」

梶尾は青山を見てうなずいた。

「そうかもしれません」

「でもね」青山が言った。「火事が起きる前に、いろいろな現象が起きているのは事実でしょう？」

「そう証言している人がいることは事実ですね」

「その証言を信じてないわけ？」

「この眼で見たわけじゃありませんからね」

有島がむっとした調子で言った。

「証言を信じないのなら、地取りの意味はない」

「意味はないとは言ってませんよ」

梶尾は、かすかに笑った。有島を見下しているような態度だ。いや、刑事課を見下しているのか……。

「じゃあさ」青山が言った。「火事の前触れで何か妙なことが起きたというのを、信じてないわけ？」

「私が信じるか信じないかは問題ではない。物的証拠が必要なのですよ。本当に妙な現象が起きているのだとしたら、それを解明しなければならない。それが、ＳＴの仕事なんじゃないですか？」

「もちろん、解明するよ」

青山が言った。その自信に満ちた言葉に、刑事たちは、思わず青山のほうを見ていた。青山は続けた。

「物理担当の結城と、第一化学担当の黒崎がね……」

「他人事のように言うな」

菊川が言った。

「だって、僕の担当は文書鑑定だよ。専門は心理学だ。火事はお門違いだね」

菊川は白けたようにかぶりを振ると、梶尾に眼を戻した。

「王卓蔡について教えてもらおうか」

「火事の原因究明に、なぜ王卓蔡の情報が必要なのですか？」

「情報ってのはな、どこでどんなふうに役に立つかわからないんだよ」

梶尾は、しばらく無言で菊川を見ていた。菊川も眼をそらさずに見返していた。ただそれだけで、部屋の中の緊張感が高まっていく。百合根はどきどきしていた。

やがて、梶尾が言った。

「王卓蔡は、一九八九年の第二次天安門事件のときに、北京大学の学生でした。天安門事件の際に活動家として当局から追われ、地方に逃げ延びました。その後、農村部を転々とし、やがて何かのつてで日本にやってきた……」

「何かのつてって、蛇頭か何かか？」

菊川が尋ねた。

「おそらくそうだと思いますが、その点に関する確実な資料はありません」

「北京大学出身の民主化運動の活動家か……。それがどうして、マフィアなんかに……」

「珍しいことじゃありません。天安門事件がきっかけで、中国を出てマフィアになったという例はいくらでもあります」

他人の無知を嘲笑《あざわら》うような梶尾の態度に、百合根も不愉快になった。

菊川がさらに質問する。

「それで、歌舞伎町での王卓蔡の勢力はどの程度のものなんだ？」

梶尾は肩をすくめた。

「現在、歌舞伎町の勢力地図はモザイクのように入り乱れていましてね。だからこそ、水面下の対立が激化しているのです。その中で、王卓蔡は着実に勢力を伸ばしています。過去の大物たちも、王卓蔡を無視できなくなっています」

「どうしても、納得できないんだけど……」

青山が言った。梶尾が青山のほうを見た。

「何が、です？」

「そんな実力者が、どうして都市伝説を流布したりするわけ？　そんな必要ないじゃない。みんなすでに一目《いちもく》置いているんでしょう？　都市伝説なんかより、王卓蔡の名前のほうがあらゆる面で効き目があると思うけどな……」

梶尾は平然とこたえた。

「王卓蔡は、武力だけじゃない。あの手この手を使う。それで今の地位を築いたのです」

「なるほどね……」青山はまだ納得していないようだ。「でも、問題は、放火だったかどうかだよね。人が出入りした痕跡のない場所で火事が起きているわけだよね」

梶尾は、聞き分けのない子供に言い聞かせるような口調で言った。

「だから、それを解明するのがあなたがたの仕事だと言ってるじゃないですか」

5

王卓蔡は、西麻布にあるマンションの部屋から、夜の街を眺めていた。部屋は十一階にある。主な稼ぎは歌舞伎町で上げているが、自分自身は滅多に歌舞伎町に足を踏み入れることはなかった。たいていは、このマンションの部屋にいる。必要なことは、メールやネットで済ませることができる。今や、振り込みなど銀行との取引もネットでできる時代だ。株の取引もネットでできる。部下との連絡は、携帯電話を使えばいい。古い世代のマフィアたちは、いまだに歌舞伎町にこだわって、そこに住んでいる者も少なくない。

王卓蔡にとって、歌舞伎町は決して居心地のいい場所ではない。若い頃に、文字通りの地獄を味わった王卓蔡にとって、安全は何より大切なものだった。

中国の田舎を逃げ回っているときは、一日も心が安まるときはなかった。中国には安住の地はなく、ときには食うものもない生活を強いられた。何日も水だけで暮らしたことがある。草の根をかじったこともある。農村の納屋《なや》から穀物を盗もうとして、袋だたきにあったこともある。栄養不足と精神的な重圧で、学生のときには六十キロ以上あったのに、ついには、四十キロを切ってしまった。歯はぼろぼろになり、髪も抜け落ちた。

農村部では、土地の者以外は稼ぐ手だてはなかった。土地の人間ですら貧しさにあえいでいるのだ。王卓蔡は、福建省の福州市に出て、何とか仕事を見つけた。

最初は、工場の単純労働だ。だが、王卓蔡は北京大学で物理学を学んでいたし、パソコンを使うことになれていた。一九九〇年代初頭で、まだパソコンはそれほど普及しておらず、一種の特殊技能のように思われていた時代だ。工場にも一台パソコンがあったが、猫に小判の状態だった。王卓蔡は、そのパソコンでコマンドラインを駆使して、工場のさまざまな問題点を合理化して見せた。

経営者におおいに気にいられて、収入も順調に伸びた。有能な者にはさまざまな人間が近づいてくる。福建マフィアの一人と知り合ったのも、その時期だった。向こうから近づいてきたのだ。

やがて、そのマフィアとの縁で蛇頭にもツテができた。

あまり羽振りが良くなるのも考え物だった。出る杭は打たれる。何より官憲の眼が恐ろしい。そこそこに金を稼ぎ、蛇頭の手引きで日本に渡った。

王卓蔡は、歌舞伎町という街にまったく愛着を持っていない。金が稼げるからそこで仕事をするだけだ。若い頃の苦労が祟《たた》り、三十九歳という年齢よりもずっと老《ふ》けて見える。

すっかり薄くなった髪は、潔くすべて剃ってしまった。ぼろぼろだった歯を日本で治療するのに、何百万もかかった。おかげで、歯だけはすっかりきれいになった。最近の歯科の技術はなかなか優れていて、本物の歯と見分けがつかない。いや、本物の歯よりずっときれいに仕上がっていた。

福州で稼ぎはじめてから、急に太り出し、今では八十キロ近くある。農村部を逃げ回っていた頃の食うや食わずの生活の反動で、やたらに飲み食いした結果だ。

今、窓硝子《ガラス》にその自分の姿が映っている。天安門事件の頃の自分とは似ても似つかない。あの頃は若く、体つきもほっそりとしており、何より溌剌《はつらつ》としていた。

だが、王卓蔡は自分の見た目などはまったく気にしていなかった。

今は望むものはたいてい手に入る。金があれば女も手に入る。愛情と金は関係ないと言う者もいるが、それは嘘だと王卓蔡は考えている。食うや食わずの生活をしている者に女は決して寄ってこない。女というのは、男の力に惚れるのだ。力というのは、つまりは権力であり生活力だ。

この都心の夜景を見下ろす高級マンションの部屋だって手に入れることができた。

車も持っているし、運転手だっている。

だが、十四畳ほどもあるリビングルームは、実に質素だった。家具調度に金をかける趣味はない。車もコストパフォーマンス重視の大衆車だ。

リビングルームには、秋葉原で部品をそろえて自分で組み上げたパソコンがある。常に最新のCPUを組み込むため、時折マザーボードを替えなければならないし、光学ドライブなどのデバイスも新しい規格のものに換えるため、ずいぶんと金を注《つ》ぎ込む結果となった。だが、いつも最高のパフォーマンスを手に入れることができる。それが、王卓蔡の趣味でもあった。

東京の夜景は美しい。光の帯と粒が寄り集まり、まるでイルミネーションのようだ。だが、それは、こうして高所から眺めているからであり、闇が本当の姿を隠しているからに過ぎない。王卓蔡はそのことをよく知っている。

夜景が美しい街ほど、昼間は薄汚れて見えるものだ。新宿歌舞伎町はいい例だ。明るい電飾に飾られた表通りから、ほんの一歩脇道に入るだけで、まったく別の世界が口を開けている。それが歌舞伎町だ。

一晩におびただしい数の犯罪が行われている。売春、麻薬や覚醒剤の売買、銃の密売、恐喝や強盗……。その多くに、中国マフィアが関わっている。もちろん、王卓蔡も関わっているが、直接手を染めるわけではない。

そういう仕事は、宋燎伯《そうりょうはく》に任せてある。宋はまだ三十三歳だが、凄味のある男だ。彼も北京から来た。体は決して大きくないが、鞭《むち》のようにしなやかな体つきをしている。彼は、内家拳と呼ばれる中国武術の達人だった。形意拳、太極拳、八卦掌、この三拳を総合して内家拳と呼ぶ。

宋燎伯は、日本で稼いだ金で香港に道場を建てようという計画を持っていた。しかし、いつしかマフィアと関わりができ、利用されるようになっていた。彼の武術家としての実力は、マフィアには魅力だった。

当然王卓蔡にとっても魅力的だった。そして、王卓蔡は宋燎伯と接触した。王卓蔡は、いい条件を提示して、いっしょに仕事をしないかと持ちかけた。いい条件というのは、つまりは金のことだ。それまでの宋燎伯の収入から考えれば、おそらく破格の金額だったはずだ。

宋燎伯は、王卓蔡の三十代という若さが気に入ったようだ。それまで、さんざん大物といわれる偉そうな連中にこき使われて、うんざりしていたのだ。

二人の利害は一致し、いっしょに仕事を始めた。宋燎伯は王卓蔡の予想以上の仕事をした。彼は、誠実に仕事をこなす。つまり、情け容赦なく敵対する連中を消すのだ。

本来、彼に武器は必要ない。彼の肉体自体が凶器だ。しかし、宋燎伯は決して油断はしない。彼は、常に銃を含む複数の武器を身につけていた。

今、宋燎伯は、王卓蔡のリビングルームにある質素なソファでくつろぎ、ウイスキーの水割りを飲んでいた。

宋燎伯が背後から声をかけてきた。

「……それで、どうして歌舞伎町の小火なんかに関心があるんだ？」

王卓蔡は振り向いて、たくましい体つきの宋燎伯を見た。王卓蔡とはまったく対照的だ。引き締まったしなやかな体に、精悍な顔つき。宋燎伯は、まるで香港のカンフースターのようだ。

時には、嫉妬を覚えることもある。だが、王卓蔡にとって、それはたいしたことではない。宋燎伯が、頼りになる手下であり、同時に心の許せる仲間であることが重要なのだ。

宋燎伯の問いに、王卓蔡はほほえんだ。

「なんだ、まだ気づいていなかったのか？」

「何のことだ？」

「おまえの手の者を使って、歌舞伎町でやらせていたことだ」

宋燎伯は表情を曇らせた。

「それが、火事と何か関係があるというのか？」

「ある」王卓蔡はこたえた。「おおいに、ある」

宋燎伯は顔をしかめた。

「あんたの考えていることはわからん。もっとも、もと北京大学のエリートだからな。俺なんかとは、頭のできが違うんだろう」

「人間の頭のできなんて、大差ないんだ。問題はどう使うかだ」

「いや、生まれつき頭のできは決まっている。だから、俺は体を鍛えることにした」

「頭がよくなけりゃ、優秀な武術家にはなれない。そうだろう」

宋燎伯は肩をすくめた。

「あんたと議論して勝てるはずがない」

王卓蔡は薄笑いを浮かべたまま言った。

「私はな、実験をしているんだ。今のところ、実験はうまくいっている」

「実験……？」

「そうだ。そして、いよいよ実験の段階は終了して、実践のときがきた」

「何のことかわからないが、まあいい。俺はあんたの指示に従うだけだ」

「私はおまえのそういうところが気に入っている」

「俺はあんたの気前のいいところが気に入っている」

宋燎伯にしては、粋《いき》な受けこたえだ。王卓蔡は、思わず声を上げて笑っていた。

6

茂太は、携帯のメールで送られてきたワンクリック詐欺の画面に記されていた電話番号にかけてみた。相手は携帯の電話番号ではない。一平の話だと、おそらく間に転送業者が入っているのだろうということだ。どうせまた誰も出ないのだろう。

「はい。お電話ありがとうございます。ハートフル企画です」

電話がつながって、きびきびとした声が聞こえてきたので、茂太はびっくりした。

「あの……。支払いのことで、お話があるんですが……」

「どういうお話でしょう」

「手違いで登録されてしまったみたいで……。何とかなりませんか……」

まずは下手に出ることにした。

「残念ですね。完全にコンピュータで管理してますんで、一度登録されてしまったら、解除できないんですよ。一期分だけはお支払いいただかないと……」

相手はいかにも困ったような口調で言う。茂太は徹底的に無知を装うことにした。

「はあ、そうなんですか……。……で、登録されて三日以内なら二万九千円でいいんですね」

「はい。現在、キャンペーン期間中ですから、そういうことになっています」

「それが過ぎると、四万円なんですね」

「そういうことになります」

相手は、いかにも軽薄そうな早口だ。電話のセールスなどでよく聞く口調だ。

「払えない場合はどうなりますか？」

「お知らせしてあるとおり、法的な措置を取る場合もあります。通信会社からお客様の住所などの個人情報を入手しまして、裁判を起こすこともありますね」

「裁判……」

茂太はわざとびっくりした声を出した。そして、精一杯おろおろとした声で言った。

「そんな……。僕はそんなつもりでケータイのボタンを押したわけじゃないのに……」

「お客様はすでに登録されているわけですよね。残念ですが、お支払いいただけないと、こちらもそれなりの手段を取らせていただくこともあります」

「裁判でしょう？」

「それはあくまで最終手段でして、その前に取り立て専門の業者に委託しまして、集金にうかがうことになるでしょう」

「取り立て専門の業者って、物騒《ぶっそう》な人たちのことですか？」

「そういうこともあり得ますね。私どもは、委託するだけですから、業者がどのようなことをするかについては一切関知いたしません。ただし、その場合、業者への委託料もお客様の料金に加算させていただきます」

「それはどのくらいになりますか？」

「当社としては、一件につき、十万円を想定しております。また、お支払いが滞った期間の利子も上乗せして請求させていただきます。取り立て業者に依頼した場合、お客様にお支払いいただく金額は、ざっと二十万円ほどになりますね」

「二万九千円が、二十万円ですか？」

「ええ。契約上、お客様のペナルティーということになりますので……」

もっともらしいことを言っているようだが、話の内容は滅茶苦茶だ。だが、これが詐欺だと最初からわかっていなければ、気が動転してでたらめだとは気づかないかもしれない。取り立て業者に委託するというだけで、パニックになる者もいるだろう。ヤクザのような風体《ふうてい》の連中が自宅に取り立てに押しかける光景を想像してしまうからだ。

「電話じゃ、ナンなんで、会ってお話しできないでしょうか？」

茂太は恐る恐るという口調で、そう切り出してみた。

「その必要はないでしょう。お振り込みいただければ、それでいいわけですから……」

「振り込みをすると、振り込み手数料を取られるでしょう？　だから僕は買い物は現金でする主義だし、お金を払う場合は窓口なんかで直接現金を渡すことにしているんです。銀行に無駄な金を取られるのが嫌なんです」

「そうおっしゃられても、当社のシステムですんで、お振り込みで決済していただかないと……」

「どなたか集金に来ていただけませんかね？」

「そういうの、うち、やってないんです」

相手の声にわずかだが苛立ちが滲んできた。口調が少しばかり乱暴になる。

「じゃあ、こちらから届けに行きます。会社の場所を教えてください」

「銀行振り込みにしてください。それが当社のシステムなんです。直接会社に来られても、お金は受け取れませんよ」

「そうですか……」

会社の場所など言うはずもない。第一、会社などないに違いない。自宅かどこかから転送された電話に出ているだけなのだろう。

「じゃ、ご入金をお待ちしております」営業トークに戻った。「キャンペーン期間中は二万九千円、それが過ぎますと四万円ということになります。お間違えのないようにお願いします」

電話が切れた。茂太は溜め息をついた。電話が通じたのはいいが、結局相手が何者であるかの手がかりさえつかめなかった。

時計を見た。今日は日曜で、みんな仕事が休みなので、夕方からまた茂太のアパートの部屋に集まって、計画を練ることになっていた。相変わらず、茂太の部屋は暑い。じっとしていても、汗が滲み出てくる。髪の毛の中を伝わった汗が首筋に流れ落ちてくる。

電気代くらい払うと、響子も一平も言ってくれるが、やはり一人のときにエアコンを使う気にはなれなかった。窓を開けているが、風も入らない。時折吹き込むのは熱風だ。みんなが集まる頃に涼しくなるようにエアコンをかけよう。茂太はぼんやりとそんなことを考えていた。

最初に部屋にやってきたのは響子だった。キャバクラでバイトをしているので、金曜日はアフターに行かねばならず、土曜日は二日酔いで一日寝ていたという。化粧っけもない彼女は疲れて見えた。

みんなが来るまでに少しは部屋をきれいにしたいといい、響子は掃除を始めた。茂太も黙って見ているわけにはいかず、掃除を手伝うはめになった。

次にやってきたのは、一平だった。

「なんだ、今日はちょっとはましじゃないか」

部屋の中を見回して、一平が言った。

「響子が掃除してくれたんだ」

「エアコンも利いていて涼しい」

「そんなことよりさ」茂太は言った。「例の電話番号にかけてみたんだ。そうしたら、相手が出た」

「それで……？」

「何も知らないふりをして、なんとか相手のことを探る手がかりを聞き出そうとしたけど、だめだった」

一平はうなずいた。

「まあ、相手は慣れているだろうからな……」

「銀行振り込みの手数料がもったいないから、直接金を渡したいとまで言ったんだけどな……」

「手がかりは何もなしか……」

「ああ。ただ、画面には書いてない会社名を名乗っていたな……」

「会社名……？」

「適当につけた名前だろうけどな」

「なんと名乗ったんだ？」

「ハートフル企画とか言っていた」

一平がふと考え込んだ。

「その名前、どこかで聞いたことがあるな……」

「どこにでもありそうな名前だ」

茂太はそう言ったが、一平はしきりに記憶をまさぐっている様子だ。

「いや……。たしかに聞いたことがある」

一平は携帯電話を取り出してかけた。小声で電話の相手と短いやり取りがあった。

電話を切ると、一平は言った。

「やっぱりだ。ハートフル企画ってのは、板東《ばんどう》連合系列の昌亜会《しょうあ》の息のかかった連中が使っている名前だ」

茂太は尋ねた。

「ショウア会って、やっぱり暴力団か？」

一平はうなずいた。

「ヤクザだよ。ヤクザが半ゲソのチンピラやケツ持ちしている若いのを集めて『おれおれ詐欺』の講習会をやっていたって話、前にもしただろう？」

「その話、新聞でも読んだことがあるような気がする」

「講習を受けたやつらは、いわゆる『支店』を作って売り上げを競うんだ。支店といっても、マンションの一室に電話が一つあるだけだったりするわけだけど……」

「売り上げを競う……？」

「そう。昌亜会に上納金として売り上げの一部を納めるんだ。売り上げの悪いやつらはヤキを入れられる。だが、売り上げがいいと、海外旅行なんかの特典があるんだ」

「なんだよ、それ……。詐欺なんだろう。コンビニやファーストフードのチェーン店じゃないんだから……」

「そういうグループの一つが、たしかハートフル企画という名前を使っていたんだ」

「おまえ、どうしてそんなこと知ってるんだ？」

「俺も、一度講習を受けようかと思ったことがあるからな」

「なんだって……？」

「マジで考えたことがあるって言っただろう。そんなときに、知り合いから声をかけられてさ……。でも、上納金とかのことを考えたら、割に合わないんで、やめといた。そうそううまくいくとは思えないしな……」

「声をかけてきた知り合いって誰だよ」

「それは秘密だ。おまえも名前なんか聞かないほうがいい」

「つまり暴力団関係者ということか？」

茂太は、一平がどこか遠くの世界の人間のように感じていた。劇団で夢を語り合っていた若い頃の一平ではない。

一平がそれを察したように苦笑を浮かべた。

「歌舞伎町で生きていれば、いろいろなやつと知り合う。はっきり言っておくが、そいつは組員じゃない。だけど、表稼業の人間でもない。そういうのが夜の歌舞伎町にはうようよしているんだ」

茂太は思わず響子の顔を見ていた。響子が怯えているかもしれないと思ったのだ。興味津々という顔で眼を輝かせていた。心配することもなかったようだ。これ以上、一平の私生活のことを追及しても仕方がない。

「それで……」茂太は尋ねた。「おまえは、ハートフル企画を名乗る連中を知っているということか？」

「直接は知らないが、ツテがある。やつらの拠点を突き止められるかもしれない」

「ツテって、さっきの電話の相手か？」

一平は肩をすくめただけで、何もこたえなかった。

ばかな質問だった、と茂太は思った。そんなことを知る必要などない。

「こいつは、運がいいぞ」一平は言った。「たいていは、ワンクリック詐欺をやっているやつらの尻尾など捕まえられないんだ」

運がいいかどうかわからないが、これでいよいよ後に退けなくなったのは確かだ。

茂太がそんなことを考えているところに、馬明麗がやってきた。

一平は明麗に言った。

「誰にも尾行されなかっただろうな？」

明麗はうなずいた。

「だいじょうぶ」

茂太は、そのやり取りがあまりに大げさに思えておかしくなったが、何も言わずにいた。

一平は、明麗がここに来るまでの会話をかいつまんで説明した。明麗は何も言わずに聞いていた。世間話を聞いているような態度だった。

最後にやってきたのが、駒田だった。彼は、見たことのない男を連れていた。

巨漢だった。身長は百八十センチ以上あるだろう。全身のあらゆる筋肉が発達している感じだった。おそろしく鍛え上げている。Tシャツにジーパンという恰好なので、それがよくわかる。二の腕の筋肉など、木の根のようだ。

その男は、長い髪を後ろで束ねていた。

一平も、茫然とその男を眺めている。それくらいに威圧的な体格をしているのだ。

駒田が言った。

「紹介しよう。この間、言った黒崎勇治だ。すでに美作流の奥伝を得ている」

一平が尋ねた。

「奥伝って、強いんですか？」

駒田はかすかにほほえんだ。

「俺は十年以上修行しているが、いまだに中伝しかもらえていない。初伝が一般に言うと初段、二段クラスだな。中伝が三段、四段といったところだ。奥伝はそれ以上だ。俺から見れば雲の上の人だよ」

「そいつは心強いけど……」

一平は油断なく黒崎という男を観察しながら言った。

「これから俺たちが何をやろうとしているか、承知の上でここに来たんでしょうね？」

駒田は、笑いを浮かべた。

「心配するな。ちゃんと話してある。黒崎は興味があると言っている」

「なんだ、雲の上の人を呼び捨てなんですか？」

「位は彼のほうが上だが、美作流の修行は俺のほうがずっと長いし、俺のほうが年上だ」

「へえ、武道の世界ってそういうものなんですか？」

「武道だけじゃない。プロスポーツの世界でも実績よりも年齢で上下関係が決まるんだ。いや、そんなことはどうでもいい。それで、話はどこまで進んでるんだ？」

「詐欺メールを送ってきた相手が特定できそうです」

茂太が説明すると、駒田が身を乗り出した。

「本当か？」

黒崎勇治がいる分、部屋の中は狭い。特に黒崎は巨漢だから、よけいに狭苦しい感じがする。黒崎は、戸口で正座をして腕組みをしていた。

駒田が尋ねた。

「それで、どういう段取りで行くんだ？」

茂太はこたえた。

「この間も言ったとおり、駒田さんは中国マフィアの大物の役をやってもらいます。明麗さんは、その秘書兼通訳」

「……ということは……」一平がにやにやしながら言葉を挟む。「愛人の一人ということだ」

明麗はふんと鼻で笑った。

茂太は続けた。

「僕たちは、臨機応変に役柄を変えます。中国マフィアの手下だったり、必要だったら弁護士なんかの役も必要かもしれない」

駒田が心配そうに尋ねた。

「それで、黒崎は……？」

「黒崎さんは、役者じゃないし、あくまでもいざというときの用心棒ということでいいと思います」

黒崎は何も言わない。その沈黙がまた威圧的だった。

駒田がうなずいた。

「それがいいと思う。素人に演技をさせると、ボロが出る恐れがある。それに、黒崎は極端に無口なんで、電話で何かやり取りをさせるのは無理だろう」

「かえっていいかもしれない」一平が言った。「中国マフィアの手下で、日本語がしゃべれないということにすればいい。いずれにしろ、直接交渉するようなはめになれば、彼は頼りになる」

「それで、どういう筋書きになるの？」

響子が尋ねた。茂太は考えながらこたえた。

「中国マフィアの手下の一人が、ワンクリック詐欺にひっかかった、というのが話の発端だ」

それを聞いて、一平が顔をしかめた。

「中国マフィアはばかじゃない。そんな詐欺に引っかかったりしないよ。むしろ、日本人を使って、詐欺をやらせている可能性だってある」

茂太は、出鼻《でばな》をくじかれた恰好になり、言葉を呑み込んでしまった。

「じゃあ、どういう筋書きがいいの？」

響子が尋ねた。一平は油断のない目つきで言った。

「そうだな……。やつらがやっているワンクリック詐欺が、何らかの形で中国マフィアの仕事の妨害になったというようなものが一番いい」

「具体的にはどういうこと？」

一平はしばらく考えてから言った。

「だからさ、それをこれからみんなで考えるんじゃないか」

結局、思いつかなかったらしい。たしかに、一平が言ったことはもっともらしい。ワンクリック詐欺をやっているやつらをひっかけようというのだから、よほどそれらしい筋書きを考えなければならない。

「知恵を出し合おう」茂太が言った。「そのために、みんながいるんだ。俺たちには金も力もない。だから、知恵で勝負するしかないんだ」

「筋書きも大切だが、キャラクターも重要だ」駒田が言った。「裏稼業のやつらなら、中国マフィアの大物の名前くらい、ある程度知っているんじゃないのか？」

一平が駒田に言った。

「適当にでっち上げた名前だと、すぐに偽者とばれてしまうということですか？」

「おまえ、どう思う？」

聞き返されて、一平は思案顔になった。

「そうですね……。たしかに駒田さんが言うとおりかもしれない……。適当な名前だと、はなから相手にされない恐れがある……」

さらに駒田が言う。

「実在の大物の名前を出せば、相手が半信半疑でもプレッシャーをかける結果になると思うが……」

「でも、危険も大きい」一平が言った。「俺たちが名前を騙《かた》ったと知ったら、本物の中国マフィアが黙っちゃいませんよ」

「どうせ、危険は承知の上なんだろう」駒田は言った。「リスクを恐れていちゃ、こういう勝負はできない」

「そりゃそうですけど……」一平は渋った。「中国マフィア相手じゃ、命がいくつあっても足りない……」

さすがの一平も怯えている。

茂太は言った。

「俺たちは、その中国マフィアを敵に回すわけじゃない」

「ばかだな」一平が言う。「そういう問題じゃないんだ。勝手に名前を使って、俺たちが金を儲けたとなったら、俺たちは確実に消される」

「俺たちがやったと、悟られなければいいんだ」

「やつらの情報網をあなどっちゃいけない」

「本物らしくやらなきゃ詐欺はうまくいかない」茂太は言った。「俺たちが相手にしようとしているのは、詐欺をやっているやつらだ。俺たちはその上を行かなきゃならない。どうしたって、本物の名前の力を借りる必要があるだろう」

「おまえは、中国マフィアの恐ろしさを知らないんだ」

「知らない。だから、想像でビビっていても仕方がない」

一平は茂太を睨んだ。茂太の認識の甘さを非難しているのだろう。だが、茂太は負けずに睨み返していた。中途半端が一番いけない。やれることは全部やる。そうでなければ、詐欺グループには勝てない。

部屋の中の緊張感が高まる。

やがて、一平が言った。

「名前を騙るにも、俺は中国マフィアの大物なんて知らない」

茂太は、明麗に尋ねた。

「あんた、知らないか？」

明麗は、まるで侮辱されたかのように、厳しい眼を茂太に向けた。

「知らない。中国人だからって、どうして、マフィアの知り合いがいると思うか？」

「訊いてみただけだ」茂太は言った。「気を悪くしたのなら、謝る」

明麗は、厳しい眼差しのまま言った。

「中国人が全部マフィアと関係あると思ったら、大間違いよ。マフィアと関係ある人、ほんの少し。あたしたち、関係ない」

「わかった。すまなかった」

茂太は、素直に謝った。駒田が腕組みした。

「でも……」明麗は言葉の調子を落として言った。「仕事柄、名前くらいは聞いたことがある」

一同は明麗に注目した。

「大物かい？」

茂太が尋ねた。

「みんな、恐ろしいと言っている」

「その名前を教えてくれ」

「王卓蔡という」

「王卓蔡……」一平の顔色が悪くなった。「そいつは、マジでヤバイぞ……」

「なんだ……」駒田が言った。「中国マフィアの大物の名前なんて知らないんじゃなかったのか?」

「できれば、知らんぷりをしていたかったね」一平が開き直ったように言った。「王卓蔡は情け容赦ない。中国マフィアは、ヤクザたちが顔をしかめるくらいにえげつない。仁義も義理も関係ないからだ。その中でも王卓蔡は特に手段を選ばないことで有名だ」

それを聞いて、駒田と響子が嫌な顔をした。腰が引けているのだ。

一平がそれほど言うのなら、王卓蔡の名前を使うことは避けたほうがいいだろうか。茂太がそう思ったとき、黒崎が駒田に耳打ちした。

駒田が言った。

「噂ほどじゃないかもしれないと、黒崎が言っている」

一平は黒崎を見据えた。

「どうしてそんなことが言える？」

黒崎は無言で肩をすくめただけだった。

駒田が一平に言った。

「おまえは、直接王卓蔡と会ったことはないんだろう？」

「もちろん、ないっすよ」

「直接関わったことは？」

「いいえ」

「ならば、王卓蔡の噂を聞いただけなんだ」

「そりゃ、そうですけど……」

「たしかに黒崎のいうとおり、噂ほどじゃないということはありうる」

茂太もなんとなくそんな気がしてきた。黒崎というのは不思議な男だ。彼の存在自体に説得力があるのだ。

一平は言い返した。

「そんな言葉を信用するんですか？　だめだ。リスクが大きすぎる」

茂太は言った。

「もともとリスクのことなんて考えていたら、こんな計画はうまくいくはずがない」

一平の顔色は冴えなかった。彼は本当に怯えているようだ。一方、黒崎はまったく表情を変えない。悠然と構えている。

茂太は黒崎に尋ねた。

「王卓蔡の名前を使ってもだいじょうぶだと思いますか？」

黒崎は、無言でうなずいた。

その態度がやけに頼もしく感じられた。茂太は、そのおかげで結論を出すことができた。

「やろう。駒田さんには王卓蔡になってもらう」

「どうなっても知らんぞ」一平が言った。「俺は下りる」

茂太は一平に言った。

「俺たちを見捨てるのか？」

「命あっての物種《ものだね》というじゃないか。付き合ってられないよ」

「俺たちにはおまえが必要なんだ。おまえのツテとやらがなければ、相手を見つけることもできない」

「ハートフル企画のバックには、昌亜会ってヤクザがついているんでしょう？」響子が言った。「つまり、昌亜会に楯突こうとしているわけよね。こうなれば、毒を食らわば皿までってやつじゃない？」

一平は何も言わず考えていた。

一同は一平の出方をうかがっていた。やがて、一平は腹を立てているような口調で言った。

「これからは、いっそう慎重にやるんだ。誰かがへまをやれば、ここにいる全員が死ぬことになる。脅しじゃない。それくらいの覚悟でやってくれ」

「わかった」茂太はうなずいた。「じゃあ、具体的な計画を練ることにしよう」

部屋の中は、ひりひりするような緊張感に包まれている。その中で、黒崎だけが落ち着き払っている。

武道家としての自信だろうか。それとも、何か他に自信の裏付けがあるのだろうか。茂太は、黒崎の様子をちらちらとうかがいながら、そんなことを考えていた。

7

月曜日の朝から、百合根たちSTと菊川は新宿署に詰めていた。彼らのために、小部屋が用意されていた。部屋の中央に四角い大きなテーブルが置かれ、その周囲をパイプ椅子が囲んでいた。

ドアには「歌舞伎町・連続火災担当」という張り紙がしてあった。

部屋は汗臭かった。警察署というのは、どこでもたいてい同じような臭いがする。嗅覚の鋭い黒崎は、さぞかし辛いだろうと、百合根は思った。だが、黒崎はまったく平気な様子だった。

黒崎の嗅覚や翠の聴覚については、百合根はまったく実感を得ることができない。彼らは、いったいどんな世界に住んでいるのだろうと、想像することもあるが、いつも断念してしまう。感覚というのは、曖昧なものだ。人間はその曖昧なものを拠《よ》り所として生きている。

犬の嗅覚は人間の数百倍から、場合によっては数百万倍だといわれている。人間が視覚に頼っている情報の多くを、犬は嗅覚によって得るそうだ。何者かが近づいてくる。それが仲間なのか敵なのか。興奮しているのか、冷静なのか。雄なのか雌なのか。発情しているのかしていないのか……。そうした情報は視覚よりも嗅覚で得るほうが確実だ。

人間の祖先も、そういう能力を持っていたに違いない。黒崎の能力は、一種の先祖返りといえるかもしれない。黒崎は、犬が暮らす世界に近いところで生活しているということだろうか。

もしかしたら、スイッチを切るようにその能力を封印することができるのかもしれないと思ったこともある。

だが、翠は、普段ノイズキャンセラー機能がついたヘッドホンをかけている。つまり、聞きたくなくても聞こえてしまうということだ。やはり、スイッチを切るようにはいかないようだ。

黒崎の嗅覚も同様なのだろう。ただし、嗅覚というのは、すぐに慣れるものらしい。五感の中でもものすごく鋭敏である代わりに、同じ臭いをかぎ続けているとすぐに鈍化してしまう。自分の香水をあまり感じないのはそのせいなのだそうだ。

翠の聴覚と、黒崎の嗅覚にはその違いがあるのかもしれないと百合根は考えていた。

青山は、テーブルの一角を自分の場所と決めて、せっせと散らかしはじめている。彼は秩序恐怖症なのだ。整然とした場所にいるとひどく落ち着かなくなるらしい。本人によると、それは潔癖症の裏返しなのだそうだ。

赤城は、相変わらず、俺には関係ないという態度だ。

部屋の一番端に陣取った山吹だけは、柔和な表情でそつなく新宿署の捜査員とも会話をしてくれる。

新宿署からは、今回の火災担当の、勝呂と上原だけが詰めていた。もしかしたら、組織犯罪係の梶尾も来てくれるのではないかと期待していたのだが、彼は顔を出さなかった。

部屋には、四件の火事の現場写真など詳しい資料が持ち込まれていた。写真や鑑識の報告などを詳しく調べるだけで、午前中を費やすことになった。

「ふうん」

赤城が興味深げに声を洩らした。彼は一枚の写真を見つめている。

「何だね？」ごま塩頭のベテラン刑事、勝呂が尋ねた。「何か見つけたかね？」

「この鍼灸院だが、かなりの外科的な手術までやっていたようだな……」

「そんなことが焼け跡の写真でわかるのかね？」

「トレイの上に並んでいる道具で、どんなことをやっていたのか、ある程度想像はつく。それに、こっちの写真だ」

赤城は別な写真を指さした。「出火場所になったというこの金属製の作業台のようなものだが、いざというときは、ここで手術をやっていたんだろう」

「どうしてわかる？」

「作業台の材質はおそらくステンレスだと言っていたな？　そして、その周囲の床にもステンレスらしい金属板が敷いてある。血を洗い流すためだ」

「なるほどね……」

勝呂はやや困惑気味に言った。「それで、それが小火と何か関係あるのかね？」

「ないさ。俺は医者だから興味を引かれただけだ。ここの主は無免許の医者だと言ったが、経験は豊富のようだな」

勝呂は、期待を裏切られたように小さく溜め息をついた。

「とにかく、出火の原因もわからないんじゃお手上げだ」菊川が言った。「鑑識や消防署の報告にもあるが、いずれも漏電やガス漏れといった事故ではない。明らかな放火の痕跡もない。だが、立て続けに四件もの火事がある地域に集中して起きるというのは、やはり普通じゃない」

「出火の状態にも共通点がないんです」

上原が言った。やはり今日も翠の服装を気にしている。いや正確にいうと服からはみ出している部分を気にしているというべきか……。

「そう……」勝呂が言った。「火元になったもの、つまり最初に燃えだしたものにも共通点はまったくない」

「最初の小火は、中華料理店の厨房でしたね？」

百合根が尋ねると勝呂はうなずいた。

「そう。厨房で布巾か何かが燃えだしたんだ」

「火の気もないのに……」

「そうだ」

「二つ目の小火は、閉店したミニクラブ。ソファから燃え広がったんでしたね」

「そう。そして、三つ目がそこのお医者さんが興味をお持ちの鍼灸院だ。メスやらピンセットやらの上にかけてあったガーゼが燃えだした」

「四つ目は床に敷いたカーペットか……」百合根は言った。「たしかに、共通点はありませんね」

「最初の三つだけならなあ……」

青山が、配られた書類をでたらめな角度で並べながら言った。

刑事たちが青山に注目した。菊川が尋ねる。

「最初の三つには共通点があるということか？」

「ないこともないんじゃない？」

「微妙な言い方だな。共通点があるというのなら、言ってみろ」

「可燃物が金属と密着した状態にある」

菊川は眉をひそめた。新宿署の二人の刑事もほぼ同様の反応を示した。

「何だって……」菊川が言った。「詳しく説明してみろ」

青山は面倒くさそうに菊川を見てしかめ面をした。

「いい？　最初の小火は中華料理店の厨房で布巾が燃えたんだ。厨房なんだから、鍋や包丁なんかの金属がたくさんあったはずだ。おそらく布巾はそうした調理用具にかけてあったはずだ。それは、三つ目の鍼灸院の火事とほぼ同じ状況だよね。鍼灸院では、金属の医療器具の上にかぶせてあったガーゼが燃えたんだ」

菊川が言った。

「二番目の小火はどうなんだ？　燃えたのはソファだぞ」

「ソファにはスプリングが入っているでしょう？　スプリングと燃えやすい詰め物が

密着した状態にある」

百合根は、なるほどと思った。だが、その先がわからない。青山に質問した。

「金属と可燃物が接触していることが、原因になり得るんですか？」

「知らないよ」青山は平然と言った。「僕は共通点を見つけただけだ。それにどんな意味があるかなんて、わからない」

菊川は言った。

「最初の三つには共通点があったとしよう。じゃあ、四つ目の火事だけは別なのか？」

「そうでもないようです……」山吹が、鑑識の報告書を見つめて言った。「このカーペット、強度を高めるために、金属線が織り込んである。金属の材質は銅。太さは、〇・二ミリ。その他の材質は、羊毛とポリエステル……。つまり、カーペット自体が金属と可燃物が密着した状態を作っていたんですな」

菊川が言った。

「よし。これで、四件の火事の出火元には共通点らしきものがあることがわかった。だが、その共通点が何を意味しているんだ？」

青山は言った。

「四件の火事に共通する事実がもう一つある。忘れちゃだめだよ」

菊川が尋ねる。

「何だ？」

「怪奇現象。火事の直前に怪奇現象があったという証言は無視できないでしょう？」

「組対の梶尾は、都市伝説だと言っていたがな……」

「僕は事実だと思うよ。都市伝説だとしたら、おそらく全国的に、同時多発的に同様の噂が広がるはずなんだ。だけど、今回はこの歌舞伎町限定でしょう？」

「これから広まるのかもしれない」

「都市伝説が形成される過程というのは、そんなにゆっくりしていないんだ。かつてはラジオの深夜放送、最近はインターネットで、あっという間に広まる」

「聞き込みをやった印象でも、どうもただの噂という感じじゃなかったね」勝呂のいかにもベテランらしい口調に、百合根たちは注目していた。「怪奇現象は実際にあったんだ。住民は本当に気味悪がっていた」

「いいだろう」菊川が言う。「怪奇現象は実際にあったと仮定しよう。そして、出火元にも共通点があったとしよう。だが、それにどういう関係があるんだ？　ＳＴは科学者の集まりだろう。鑑識の報告や現場の写真を見て、何か思いつかないのか？」

「黒崎さんが言っていたんですが……」山吹が言った。「油が染み込んだ布なんかを重ねて置いておくと、自然発火することがあるそうです」

百合根は、思わず黒崎のほうを見た。

「本当ですか？」

黒崎はゆったりとうなずいた。

山吹が黒崎の代わりに説明した。

「油というのは、脂肪酸とグリセリンからできています。問題はこの脂肪酸です。脂肪酸が酸素と触れることによって酸化します。そのときに熱を発するのです」

「発火するほど温度が高くなるんですか？」

「条件によるそうです」山吹が言った。「温度が高ければ、それだけ酸化の反応が促進されより高い熱が発生します。そして、通気性の悪い場所では熱が拡散されず蓄積します。特に、重ねられた紙や布の中心部はそういう条件に合致するんですな。実際に、それで発火に至った例があるんだそうです」

「あたしもそれは調べた」翠が言った。「一九九四年六月に、東京都内の焼肉屋のポリバケツから出火。ポリバケツの中には、油が染み込んだおしぼりが詰め込まれていた。一九九五年四月には、都内の天ぷら屋で出火。ボウルの中に入った天かすから出火している。一九九六年、横浜のエステサロンで出火。出火元はベッド。ベッドにはマッサージ用のオイルが大量に染み込んでいた……」

「オイルで自然発火……」

百合根はつぶやいていた。警察大学でも、研修でもそんなことは習わなかったし、見習いで地方の警察署にいるときにも聞いたことのない話だ。だが、翠によれば記録が残っているらしい。警察内の情報でも、知らないことがまだまだあるということだ。

「今回も、それと同様の事件なんでしょうか？」

百合根が翠に尋ねると、黒崎がかぶりを振った。

「そうか……」百合根は言った。「油が燃えたのだったら、当然、黒崎さんはその臭いに気づきますよね？」

黒崎はうなずいた。

「そう」翠が言った。「今回は、油による自然発火じゃない。青山君が指摘したように、金属と燃えやすいものが密着しているという共通点に注目すべきだと思う」

「どういうメカニズムで発火するんだ？」赤城が翠に尋ねた。「何か考えられることは？」

「金属に通電した場合、ジュール熱が発生する可能性はある。電熱器と同じ理屈ね。発熱の大きさは仕事量に比例する。この場合、仕事量というのは電力のことで、電圧Eかける電流I」

翠は、紙に大きく文字を書きながら説明する。まず、P＝I・Eと書いた。

「仕事量あるいは電力はワットという単位で表される。電球や電子レンジに書いてあるワット数よ。当然、電流の値と電圧が大きくなればワット数も大きくなる。ここで、オームの法則というのがあってね……」

翠は、E＝I・Rと書く。

「Iは電流、Rは抵抗。これを、P＝I・Eに代入すると、P＝Iの二乗かけるR、ということになる」

翠は、P＝I^2・Rと紙に書いた。

「つまり、電流が一定だとしたら、抵抗が多いほど電力が多い。つまり熱がたくさん発生する」

百合根にはよく理解できた。いずれの式も電気の基本で習うものだ。ジュール熱というのも知っていた。

「物理担当のおまえさんにとってみれば、どうということのない話なのだろうが……」菊川がしかめ面で言った。「オームの法則だの、式の代入などと言われるだけで、体が受け付けないんだ。つまりはどういうことだ？」

「電圧が高ければ、あるいは多くの電流が流れるほど、そして、導体の抵抗が大きいほど電力は大きくなる。つまり、発熱の量も増えるということよ」

「たしかに、燃えやすいものが金属に密着していたというのが、四件の出火元の共通点だ」菊川が言った。「だが、金属に電流を流した形跡はなかったんだ。それは、明らかだ」

翠はさっと肩をすくめた。

「まあ、物事は一つ一つ片付けていかなけりゃ……。油の酸化で発熱するような化学的な反応でないとしたら、ジュール熱のような物理的な発熱を考えるべきだわ」

「あの……」上原が遠慮がちに言った。「さっきからひとつわからないことがあるんですが……」

菊川が上原を見た。

「何だ？」

「どうして、化学的な反応の可能性を排除しちゃうんです？　臭いがどうとか言ってましたけど……」

菊川が面倒くさそうな顔で百合根を見た。百合根に説明しろと言っているのだ。

百合根はあわてて言った。

「まだ、ちゃんと説明していませんでしたね。黒崎さんは単に化学の専門家というだけでなく、嗅覚がひじょうに発達しているんです。ごくかすかな臭いも嗅ぎ分けます。彼は仕事柄、さまざまな化学物質の臭いに慣れ親しんでいるので、多くの物質を嗅ぎ分けられるということです。彼が臭いに気づかなかったということは、つまり、そこには何もなかったということなんです」

勝呂と上原はぽかんとした顔で百合根の説明を聞いていた。二人ともどう反応していいかわからない様子だ。

「ちなみに、結城翠は聴覚が発達しています」百合根はさらに説明を続けた。「彼女は、どんな遠くのかすかな音も聞き分けます。そして、不可聴域といわれる低周波や高周波も聞くことができるのです。二人合わせて、僕たちは『人間ポリグラフ』と呼んでいます。結城翠が対象者の心拍音や呼吸の乱れを聞き取り、黒崎が発汗やアドレナリンなどの興奮物質の臭いを嗅ぎ取るわけです。これがかなりの確率で当たるんです」

勝呂は完全に戸惑っている様子だ。

「……しかし、火事場で臭いがどうのと言ったたって……。焼け跡がどんなにひどい臭いに満ちているか知っているだろう」

「嗅覚が鋭いというのは、つまりはさまざまな臭いを嗅ぎ分ける力が強いということなんです」百合根は言った。「警察犬のことを考えてみてください。警察犬は、さまざまな臭いの中から対象者のごくわずかな体臭を嗅ぎ分けて追跡することができるのです」

「でも……」上原がさらに言った。「黒崎さんが現場に立ち会ったのは最後の四件目の火事だけでしょう？　ほかの三件が化学的な反応じゃなかったって言い切れるんですか？」

「あんた、けっこう騙されやすい人だね。振り込め詐欺とかにひっかかったこと、ない？」

青山が上原に言った。

「何ですって……？」

「キャップが、黒崎さんの嗅覚のことを言ったので、それが化学的な反応の排除の根拠だと思い込んでしまった」

「だって、そう言ったじゃないですか。たしか、百合根係長は、こう言ったんです。

油が燃えたのだったら、当然、黒崎さんは、その臭いに気づきますよねって……」

青山はにっと笑った。

「それで、あんたの意識は黒崎さんの嗅覚のことに釘付けになってしまった。いい？　僕たちが、化学的反応を排除した根拠はこれなんだ」

青山は書類を持ち上げた。鑑識の報告書だった。

8

「あそこの店はうまかったんだけどな……」

宋燎伯は、ビルの三階を見上げていた。二人の手下が同様に見上げる。

小火のあった中華料理店だ。ガラス窓は割れたままだ。窓枠は焼けている。内側からベニヤ板が打ちつけられていた。まだ、店を再開していない。焼けこげの臭いがひどくて、飲食店としては致命的なのだ。

さらに宋燎伯は、暗く細い路地裏を進み、別のビルの前に立った。ビルの敷地内に客引きのラテン系の女が見える。

都の条例で客引きは禁止された。だが、彼女らは、道路に出ないで、ビルの敷地内ならばだいじょうぶだと言い張る。そんなはずはないのだが、どうせ、ヤクザの入れ知恵だろうと、宋燎伯は思っていた。そのビルには、テナント募集中の空き部屋があった。その部屋が焼けた。当分借り手がつくことはないだろう。

さらに路地を進み、今度は鍼灸院があったビルの前にやってきた。

何もここが焼けることはなかった……。

宋燎伯は思った。

ここは、健康保険などに入っていない中国人にとって、ひじょうに便利な病院だった。一度抗争があると、必ず誰かは大怪我をする。ヤクザやチンピラの小競り合いとはわけが違う。

宋燎伯たちは、常に命をかけている。中国マフィアたちは必ず銃を持っている。銃だけでなく、おそろしく刃渡りの長いナイフや包丁を持ち歩いているのだ。そして、宋燎伯たちは脅しで撃つようなことはしない。本気で相手を仕留めるつもりで撃つのだ。でなければ、自分たちがやられる。

一番新しい焼け跡には、まだ警察のテープが張ってあった。風俗店だったという。従業員も客も帰った後の出火だったので、怪我人はいなかったらしい。

実験で、怪我人や死人を出すわけにはいかないからな……。

実際のところ、宋燎伯には、王卓蔡が言う実験の意味などまったくわかっていなかった。ただ、王卓蔡に言われたとおりのことをやるだけだ。

だが、実際に不思議な小火や火事が起きている。まったく不思議な男だ。

宋燎伯は思った。

火付けなら、俺がこの手でやってやるものを……。日本の警察など怖くはない。俺が火を付けるところをこの街の誰かが目撃しても、それを警察に言うやつはいない。宋燎伯は、その点、自信を持っていた。誰もが宋燎伯を恐れている。

だが、王卓蔡が求めたのはそういうことではなかった。火を付けること自体にはそれほど興味はないらしい。王卓蔡はあくまでどうして火事が起きたかに興味を持ったのだ。そして、それが再現できるかどうかを試した。

宋燎伯には理解できないが、おそらくそういうことだろうと思った。なにせ、相手は元北京大学で物理学を学んだエリートだ。武術しか頭になかった宋燎伯とは頭のできが違う。

さて、実験は終わり、実践のときが来たと王卓蔡は言っていた。

王卓蔡が言うとおり、今このあたりは一触即発の雰囲気だ。区役所通りやコマ劇場の周辺は、人通りが多い。電飾の看板がまばゆいほどの光を発していて、表通りは昼間のように明るい。いや、昼間よりずっと華やかだ。

酔客や若者のグループは、この危険な感覚をまったく察知していない。歌舞伎町で生活している者だけが、感じている。

対抗勢力の一人が、火付けは王卓蔡の仕業だと言いふらしているらしい。問題は、警察などではないと、宋燎伯は思っていた。対抗勢力のほうがずっと面倒で恐ろしい。

正確に言うと、王卓蔡も宋燎伯も放火などしていない。だから、警察は罪を問うことはできないはずだ。特に、日本の警察は中国に比べておそろしく甘い。まさに、日本は犯罪者天国だ。

今夜、珍しく王卓蔡が歌舞伎町にやってくる。宋燎伯は、そのためにこうして事前のパトロールをやっているのだ。

王卓蔡は、ずっと対立関係にある呉孫達《ごそんたつ》という福建省出身の大物と和平会談をやると言いだした。ずっと、水面下で準備を進め、今夜その会談が行われる。

何か不穏な動きがあれば、宋燎伯はすぐに王卓蔡に報告しなければならない。その場合、会談は即中止となる。

今日はまず、呉孫達の縄張りで会う。今、宋燎伯が下見をしているあたりがそうだ。縄張りといってもおおざっぱなものだ。歌舞伎町の権利関係は本当にモザイクのように入り組んでいる。ビルごとに縄張りが違うといってもいいくらいだ。

王卓蔡は怖いもの知らずだ。相手の縄張りで会談をするというのがどういうことか、この世界にいる人間なら誰でも知っている。つまり、相手がその気になればいつでも殺せるということだ。

王卓蔡は、平然と乗り込んでいく。腕に覚えがあり、非情と恐れられている宋燎伯でさえ、そんなことはできない。おそらく同じようなことになったら、誰か間に人を立てて、中立な場所で話し合いをするだろう。

宋燎伯は、ふと立ち止まった。

細い路地を正面から近づいてくる三人組の影が見える。その中の一人が長身でなおかつ鍛え上げられた体をしている。

三人は何事か話しながら近づいてくる。日本語で会話をしている。

風俗店を物色しながら、このあたりに迷い込む日本人は少なくない。だが、すぐに物騒な雰囲気を察して表通りのほうに逃げ出していく。

その三人は、明らかにこの路地のことを気にしているようだ。

宋燎伯は、近づくにつれ、逞《たくま》しい巨漢を強く意識した。肉食獣が同類の臭いを嗅ぎつけたような気分だ。頭より先に体が反応する。てのひらに汗をかきはじめた。

ただものではない。

宋燎伯は思った。彼が近づくにつれて、まるで周囲の空気が強く帯電したようにぴりぴりとしてくる。

こちらも三人、向こうも三人だ。

巨漢は、長い髪を後ろで束ねている。体中が筋肉で鎧《よろ》われているというのに、足音を立てていない。滑るように歩く。彼一人が落ち着いていた。何が起きても動じないのではないかと思わせる雰囲気を持っていた。

まさか、呉孫達の息がかかった連中じゃないだろうな。呉孫達は、日本のヤクザをてなずけているという噂を聞いたことがある。国粋主義的な団体は、中国人が大嫌いで、中国マフィアと手を組もうとはしない。だが、経済ヤクザは別だ。彼らは、得になることだったらなんでもする。

宋燎伯は、極度に警戒しながら、正面から来る三人に近づいていった。その緊張が伝わったのか、二人の手下も無言であとに続いた。

仕掛けてくるとしたら、すれ違う瞬間だろう。宋燎伯はそう読んでいた。

その瞬間が一歩一歩近づいてくる。

細い路地で、三人ずつが同時にすれ違うことはできない。どちらかが道を譲らなければならない。

宋燎伯は、相手の出方を見るためにまっすぐ歩き続けた。あの巨漢が最初から因縁を付けるつもりなら、この宋燎伯の態度だけで何か言ってくるはずだ。

互いの間が二メートルほどになった。喧嘩が始まる距離だ。

巨漢はすいと右側によけた。それにならって、彼の二人の連れも脇によけた。宋燎伯は警戒しながらすれ違った。次の瞬間、襲いかかってくるかも知れない。

だが、何事も起きなかった。

日本人の三人連れが充分に離れてから、宋燎伯は、ようやくおおきく息を吐いた。

もちろん、腕には自信がある。中国武術の内家拳を子供の頃からみっちり修行していたし、日本に来てマフィアと関わりができてからは、街中での経験も積んだ。

その宋燎伯がてのひらにびっしょりと汗をかいていた。

体格のいいやつは、いくらでもいる。いかにも強そうに筋肉を鍛えた連中もいるが、これほど緊張させられたことはない。

いったい、何者だ……。

宋燎伯は振り返っていた。すでに大通りに出てしまったのか、その男の姿はなかった。

「なんで歌舞伎町の下見なんかしなけりゃならないんだ？」

茂太は一平に尋ねた。

「念には念を入れてな……。いざというときには、地理に明るいほうが有利だ」

「いざというとき……？」

「ああ、そうだ」

「だからさ、なんで歌舞伎町なんだよ」

一平は茂太の顔を見つめた。理解に苦しむという表情だ。

「中国マフィアといえば歌舞伎町だろう。王卓蔡というマフィアは、歌舞伎町に縄張りを持っている。そして、着々と勢力を広めつつある。王卓蔡の一味を騙るんだから、歌舞伎町のことは知り尽くしていなけりゃな」

一平は、区役所通りから細い路地に入った。

「このあたりは、ヤクザもあまり近づかない。中国マフィアたちの縄張りだ。気をつけろ」

茂太は、何をどう気をつければいいのか見当もつかない。いっしょにいる黒崎だけが頼りだ。黒崎はこの見るからに物騒な通りに入っても、顔色ひとつ変えず、悠然としている。

路地の向こう側から誰かが歩いてくるのが見えた。薄暗い路地なので、人相は見えない。向こうもこちらと同じく三人だ。

「おい、誰かくるぞ」

茂太は一平に言った。

「平然としていろ。ここで、ビビって引き返したりしたら、相手は捕まえにくるぞ。問答無用で殺されることだってあり得る」

「本当かよ……」

「中国マフィアはそういう連中だ。日本のヤクザなんかとはわけが違うんだ。やつらに比べればヤクザがずいぶんと善人に思える」

茂太は、そっと黒崎の顔を見上げた。黒崎も、当然正面から来る三人に気づいている。じっと前を見つめている。まったく緊張した様子はない。茂太はその顔を見て、心から頼もしく思った。

近づくにつれ、かすかな明かりで相手の顔が見て取れるようになってきた。東洋人だが、日本人ではなさそうだ。中国マフィアだろう。

一平は、目を伏せるようにしている。相手と眼を合わせたくないのだ。茂太も真似をすることにした。黒崎だけが、平然と正面を見据えている。どちらかが、道を譲らなければならない。黒崎はどうするだろう。茂太は、再び黒崎の顔を見上げた。

三人組同士が接触しそうな距離となった。そのとき、黒崎がすっと左に寄った。相手に道を譲ったのだ。茂太は、あわててそれにならった。一平も左に寄った。

中国人らしい三人組は、その脇を無言で通り過ぎていった。茂太は、目を伏せたまま
まだ。

すれ違うと、茂太はほっとした。一平の吐息も聞こえる。

「心臓に悪いぜ……」

一平がつぶやいた。

茂太が尋ねた。

「知っているやつか？」

「知らないよ。俺だって歌舞伎町のすべてを知っているわけじゃない」

一平が路地を足早に進み、コマ劇場裏の通りに出た。光の洪水と人波の中に戻ると、茂太はようやく緊張を解いた。

「久しぶりにゴールデン街で一杯やっていくか……」

一平が言った。

「下見に来たんじゃなかったのか？」

「情報収集だよ。飲み屋で仕込む噂話は、ばかにはできない」

「黒崎さんも行きますか？」

茂太が尋ねると、黒崎は無言でうなずいた。駒田が、黒崎は極端に無口だと言って

いたが、これほど無口だとは思わなかった。茂太は、黒崎がまともにしゃべったのを、まだ一度も聞いていない。

酒が入れば、少しは口が軽くなるかもしれない。茂太はそう思った。

昔の行きつけの店はまだつぶれていなかった。『アマルコルド』というカウンターだけの狭い店だ。客は茂太たち三人だけだった。カウンターの中のマスターは、少しだけ年を取った。茂太と一平は水割りを頼んだ。

「同じものでいいですか?」

茂太が黒崎に尋ねると、黒崎はまたしても無言でうなずいた。

一平はカウンターの端にあるバスケットから、勝手に殻付きのピーナッツをつかみ取り、茂太と黒崎に分けた。それがこの店のやり方だ。テレビがつきっぱなしだったが、音は絞ってある。ゴールデン街が混み始めるには、まだ時間が早い。マスターはテレビを見ていたのだろう。客が入ってきたので、音だけを絞ったのだ。

この店は、区役所通り側からのゴールデン街への入り口付近にある。

「その後、どうしてるの?」

白髪頭のマスターが茂太に尋ねた。

「相変わらずだよ」茂太はこたえた。「どんどん年だけ取っていく。収入は増えない」

「年を取るってのは、俺くらいの年齢の者が言うことだ。シゲちゃんなんかまだまだだよ」

「この店の景気はどうなの？」

「見てのとおりだよ」マスターは顔をしかめた。「区役所通りの向こう側は、中国マフィアが縄張り争いをやっている。物騒ったら、ありゃしない」

一平が尋ねた。

「とばっちりとか、あるの？」

「このあたりは、そういうのないけどね。あっちのほうじゃ、火事騒ぎとかが続いてさ……」

茂太は、テレビのニュースで見たのを思い出した。このところ、新宿歌舞伎町で不審火が続いているらしい。不審火とはいうものの、放火かどうかは断定されていないという。そのニュースを見て、妙だなと思ったので覚えていたのだ。

連続した不審火なら放火に決まっている。警察では、どうして放火と断定しないのだろうと、不思議に思ったのだ。

茂太は、その疑問をそのままマスターに話した。

マスターは、また顔をしかめた。

「巧妙なんだよ、中国人は……。それに、もし目撃者がいたとしても、報復が恐ろしくて証言なんかしないんだ。だから、証拠が挙がらない。証拠がないから、警察は断定できない」

「なるほどね……」

茂太は言った。

「それで……」一平がマスターに訊いた。「その火事は本当に中国マフィアの仕業なの？」

「そうに決まってるよ。しばらく抗争がなかったけど、対立はずっと続いている」

「対立って……？」

「もともと、火事があった一帯は福建省から来た呉孫達というマフィアの縄張りだった。そこに新興勢力がやってきた。呉孫達は、もう五十過ぎのオヤジだが、新興勢力は、まだ若い。そして、平気で無茶をやるやつだ。あっという間に、呉孫達の縄張りに食い込んできた。いくつかのビルは新興勢力の持ち物になった」

茂太は、尋ねた。

「その新興勢力って？」

「北京出身の王卓蔡というやつらしい」

思ったとおりのこたえが返ってきた。

茂太と一平は、そっと顔を見合った。一平がマスターに尋ねた。

「じゃあ、火事があったビルというのは、みんな王卓蔡と対立している、呉ナントカの縄張りだったわけ？」

「それがさ……」マスターが思案顔で言った。「実は、焼けた四つのビルのうち、二つは王卓蔡の縄張りなんだよね」

一平が眉をひそめる。

「それ、どういうこと？　王卓蔡が自分で自分の縄張りに火を付けたということ？」

「それがわかんないんだよね……。でもね、火事騒ぎで、呉孫達の組織が浮き足だったのは確かだ」

「そりゃあ、火事だからな……」

茂太は言った。誰だって、火事は恐ろしい。縄張りで続発しているとなれば、浮き足立つのも当然だ。

「だけどさ……」茂太は言った。「火事の半分は王卓蔡の縄張りって、どういうこと？」

「報復じゃないかって言うやつもいる」

マスターは言った。

「報復……？」

「そう。まず王卓蔡の側が放火をした。それを知った呉孫達が報復に火を付けた。それでまた王卓蔡が報復の報復で火を付けた……」

一平が言った。

「報復の報復の報復で、呉孫達がまた火を付けたってわけ？」

「それなら、二つずつ。数も合う」

一平が顔をしかめる。

「数合わせしたってしょうがないだろう」

「報復合戦じゃなきゃ、説明がつかないだろう」

「そうかな……」

一平は、ピーナッツを口に放り込んだ。

茂太は、ふと黒崎を見た。何も言わないので、話の内容に関心がないのかと思っていた。だが、黒崎はマスターをじっと見つめて何か考えている。

茂太は黒崎に尋ねた。

「どう思います？　やはり報復し合った結果、双方の縄張りが二ヵ所ずつ燃えたということなのでしょうかね？」

マスターと一平が黒崎のほうを見た。黒崎は、皆の注目を浴びて居心地悪そうに目を伏せた。彼は、ただ首を傾げただけだった。

俺にはわからないという意味だろう。

巨体を窮屈そうにかがめ、皆の視線をなんとか避けようとしているその姿を見てかわいそうになった。茂太は、黒崎に話しかけたことを後悔した。

9

呉孫達は、凶悪そうな顔をした中年男だ。マフィアといってもいろいろだ。伝統的には秘密結社の流れをくんだ組織もある。だが、このところ日本で勢力を持っているのは、そうした伝統的な背景を持つ組織ではなく、暴力でのし上がった連中が多い。呉孫達もそうだった。福建省出身のマフィアは少なくない。その中でも呉孫達は、手段を選ばない男として恐れられていた。

まあ、人のことは言えないな。

王卓蔡は、心の中でつぶやいて、そっとほくそ笑んだ。

「何がおかしい？」

呉孫達が王卓蔡を睨みつけた。

呉孫達は、明らかに太りすぎだ。上目蓋《うわまぶた》に肉がついて、細い目がなおさら細く見える。開襟《かいきん》シャツを着ているが、座ると、腹のあたりのボタンがちぎれそうだ。薄い髪をぺったりとオールバックになでつけている。

その両脇にはボディーガード役の子分が立っていた。どちらも、呉孫達に負けないくらいに人相が悪い。

王卓蔡も両脇に一人ずつ立たせていた。右手にいるのが、宋燎伯だった。

呉孫達とはテーブルを挟んで向かい合っていた。大きなテーブルで、お互いに手を伸ばしても届かない。

王卓蔡は、肩をすくめてこたえた。

「ちょっと、思い出し笑いをしただけですよ」

呉孫達は、五十歳を過ぎている。一方、王卓蔡はまだ三十九歳だ。共産党が政権を握って以来、中国人は礼儀を忘れたと言う者もいるが、王卓蔡は、長幼の序を守ってみせるくらいの理性を持っていた。年上の呉孫達に対しては、へりくだった態度を取ることにしていた。

今彼らがいるのは、呉孫達の縄張りのビルだ。宋燎伯は、敵の縄張りで話し合いなどすべきではないと言った。

だが、王卓蔡は平気だった。燎伯は、私の計画の全貌を知らない。彼の中国武術の腕はたしかに頼りになる。だが、頭を使わせると心許ない。

「いったい、どういうつもりだ？」

呉孫達が唸るような声で言った。この声に、かつては歌舞伎町中の中国人が震え上がったという。だが、今はその威信も衰えた。相対的な問題だ。今では、同胞たちは王卓蔡を恐れているのだ。

「何のことです？」

王卓蔡は涼しい顔で聞き返した。

「歌舞伎町に火を付けて回って、何が楽しいんだ？」

「それは誤解です」王卓蔡はほほえんだ。「私はそんなことはしていません」

「うちのビルが二つも焼けた」

「大げさですよ。小火でしょう？」

「小火で済むとは限らない。実際に一番最近の火事はけっこう大きかった」

「ほらね……」

王卓蔡が言うと、呉孫達は、不審げに細い眼で見つめてきた。

「何が、ほらね、だ？」

「その火事は、私の仲間が経営しているビルで起きたんです」

呉孫達は、歯ぎしりをしている。

「だから、何を考えているのかと訊いている。自分の縄張りにまで火を付けるというのは、いったいどういう魂胆だ？」

「私は何もしていないと申し上げているんです」

「俺のことを甘く見ているのか？」呉孫達がますます危険な顔つきになった。

「火事が起きた日には、そこにいる宋燎伯が必ず、車で区役所通りにやってきて何かやっていた」

「燎伯は、ほとんど毎日歌舞伎町に来ていますよ。私は滅多に足を運べないので、ほとんどの実務は彼がやってくれています」

「ふん、実務か……。つまり、自分は手を汚さないというわけだ」

「今の世の中、ネットという便利なものがあります。部屋にいても、パソコンをネットにつなぐだけで、銀行の取引もできるし、株も売り買いできる。世界中のニュースを知ることもできれば……」

王卓蔡はにやりと笑った。

「無修正の画像や映像を見ることもできる」

「ふざけるな。宋燎伯が火を付けて回ったに違いないんだ」

「その現場を、誰か目撃されたのですか？」

「その必要はない。俺は警察じゃない。証拠など必要ないんだ」

「ビルの火災は、怪奇現象だと言う人もいますがね……」

「何が怪奇現象だ……」

「火事が起きる前には、必ず前触れがあるそうじゃないですか」

「それもおまえがやっているのだろう。歌舞伎町の住人を怖がらせてどうするつもりだ？　さらに勢力を拡大するための布石か？」

「たしかに住人は気味悪がっていますね。おや、あまり顔色がよろしくない。もしかして、呉さんも、怪奇現象を恐れておいでなのですか？」

「何をばかな……。とにかく、ばかな真似はやめろ。ただでさえ、東京都の浄化作戦で歌舞伎町はやばいんだ。少しは考えろ」

王卓蔡はかぶりを振った。

「私も宋燎伯も放火などしていません。だが、あなたは、はなからそれを信じようとしない」

「あたりまえだ」

王卓蔡は、静かに席を立った。

「私はもっと建設的な話ができると思ってやってきました。だが、こうしていわれのない非難をされるだけでは、時間の無駄です」

「いわれのない非難などではない。宋燎伯に白状させろ。やつが放火したのだ」

「私のビルも二つ燃えているのですよ」

「ふん、カムフラージュのつもりだろう。自分のところも焼いておけば、そうやって言い訳ができると思っているんだ。どうせ、火災保険に入っているんだろう」

「もっと実りのある話ができると思ったのですが、残念です」

王卓蔡は、呉孫達に背中を向けた。そのまま出口に向かう。背後で呉孫達の手下たちが動く気配がした。だが、王卓蔡は止まらなかった。脇で、後ろを向いた宋燎伯の手に拳銃が握られているのを確認していた。宋燎伯は、呉孫達にぴたりと照準を合わせているはずだ。

「待て……」呉孫達の声がした。「まだ、話は終わっていない」

王卓蔡は戸口で立ち止まり、言った。

「今日は終わりです。まだ話があるというのなら、今度は私の縄張りで話し合いましょう。もし、あなたにその度胸があれば、ですがね……」

王卓蔡は、ドアを開けて部屋を出た。

「あんたは、やっぱりたいしたもんだ」車に乗り込むと、宋燎伯が言った。「あの呉孫達を相手に一歩も退かなかった」

「遠慮する必要がどこにある」王卓蔡はほくそ笑んだ。「呉孫達の時代はもう終わった。今は私の時代だ」

「正直言うと、俺は冷や汗が出た。だが、あんたは平気な顔だった」

「当然だろう。私は呉孫達など恐れてはいない」

「そうだろうとも。あんたには怖いものなど何もないんだ」

「いや、そうじゃない。私は、警察が怖い」

宋燎伯は鼻で笑った。

「冗談だろう。日本の警察のどこが怖い？　やつらは何もできない。ただ俺たちがやっていることを黙って見ているだけだ」

「そう。黙って見ているんだ。いつでも手を出せるが手を出さずにいる。これは不気味だ」

「考えすぎだよ。日本の警察は腰抜けだ。ただそれだけのことだ」

「私は、おまえのように楽観的にはなれない」

「不思議だな……。俺にしてみれば、警察なんかより、呉孫達のほうがよほどおそろしいがな」

王卓蔡はくすくすと笑い出した。

「おまえがおそろしいと言う呉孫達が、怪奇現象と聞いて青い顔をしていた。やつは、怖いんだ。おそらく手下たちも怯えている」

「そりゃ、妙なことが起きて、その上火事になるんだから、気味が悪いだろうな」

王卓蔡たちが乗った車は、すでに新宿を離れ、西麻布に向かっていた。

「その怪奇現象と同時に起きる火事で、呉孫達が死んだとなれば、どんな評判が立つかな？」

宋燎伯が怪訝そうに王卓蔡を見た。

「呉孫達を消すということか？」

王卓蔡は、くすくすと笑いながら言った。

「誰がそんなことを言った？　もし、彼が奇妙な火事で死んだら、どうなるかと言っただけだ」

「そりゃ、ちょっとした騒ぎになるだろうな。手下たちは完全に浮き足立つだろう」

「願ってもない展開だな」

「だが、呉孫達は、火事や怪奇現象が俺たちのせいだと考えているようだ。呉孫達が死んだら、手下たちが俺たちに報復するだろう」

「呉孫達は、確信しているわけじゃない。彼は怪奇現象が恐ろしいんだ。だから、それを誰かのせいにしたがっている。私がやったということがわかれば安心できる。だが、彼には怪奇現象や火事のからくりがわかっていない」

「そうかもしれないが、手下に証拠は必要ない。疑いがあれば攻めてくる」

「呉孫達の手下に、それほど骨のあるやつがいるとは思えないが、まあ、報復に出たとしたら思う壺じゃないか。そのときは叩きつぶしてやれ。それが、おまえの役割だ。そうじゃないか？」

宋燎伯が肩をすくめた。

「そういうことだな……」

車が西麻布のマンションの前に停まった。王卓蔡は、宋燎伯に言った。

「私は呉孫達が邪魔だ。消えてくれれば、こんなに都合がいいことはない。原因不明の火事で死んだとなれば、街ではいろいろな憶測が飛び交い、手下たちが浮き足立つ。さらに、警察は誰を罰することもできない」

宋燎伯は、無言でうなずいた。

王卓蔡はその態度に満足して車を降りた。

10

茂太は、口の中が渇くので、ペットボトルのお茶を何度も飲んだ。

今日もいつものメンバーが茂太の部屋に集まっている。だが、明らかに雰囲気がいつもと違う。

いよいよ計画実行の日が来たのだ。明麗が携帯電話で、詐欺サイトに書かれていた電話番号にかけた。明麗が話しはじめたので、つながったことがわかった。

明麗は、いきなり中国語でまくしたてた。ものすごい早口だった。

やがて、明麗は電話を切った。

一平が尋ねた。

「どうだ?」

明麗がこたえる。

「切れた」

「これで、相手は度肝を抜かれたはずだ。今度は茂太の番だ」

茂太が一平の携帯電話を使って同じ番号にかける。

「はい。ハートフル企画です」

聞いたことのある声だった。茂太は、でたらめの中国語でわめきちらした。でたらめというのもなかなか難しい。だが、役者たるもの、これくらいはできなければならない。

相手は舌打ちした。

「何だよ、またかよ……」

電話が切れた。茂太は、一平に携帯電話を返した。

「切れたよ」

「よし、俺の番だ」

一平が同じ番号にかける。一平の携帯電話にはハンズフリーの機能がついており、周囲にいる者は、相手の声をスピーカーから聞くことができた。

「はい、ハートフル企画です」

まったく同じ声が応じた。一平が落ち着いた調子で話しはじめた。

「えー、私は王卓蔡という者の弁護士兼通訳なんですがね……」

「オウタクサイ……？」

「王、卓蔡です」

一平は、一言ずつ区切って言った。

「まさか……」

「ええ、そうです。その王卓蔡ですよ。ご存じですか」

「さきほど、中国人の方から二件ほど電話がありましたが、関係者ですか？」

相手は、平静を装っている。わざとのんびりした話し方をしているので、それがわかる。

「そうです。さきほど電話をしたのは、王卓蔡がごく親しくしている者たちです。ちょっと、困ったことになりましてね……」

「こちらは、忙しいんです。じゃあ……」

「あ、お切りになるのは自由ですが、その場合、こちらもちょっと強硬な手段に出なければなりません。王卓蔡は、ハートフル企画さんがどこの誰か、もちろん存じております。お話を聞かれたほうが、そちらのためかと存じますが……」

茂太は、一平が話す様子をどきどきしながら見つめていた。明麗も、響子も、駒田も黒崎も見つめている。

電話は切れた。茂太は一平に言った。

「やっぱり乗ってこないか……」

「ふん、こんなのは当然予想していたことだ」

一平は、また同じ番号にかけた。相手が出ると言う。

「はい、ハートフル企画です」

愛想のいい声。

「途中でお切りになると、そちらのためにならないと申し上げているでしょう」

とたんに、相手の声音が変わる。

「てめえ、どういうつもりだ。こっちは忙しいんだって、言ってんだろう」

「お忙しいのはわかりますよ。こちらだって、忙しいんです。でもね、ここで話をつけておかないと、面倒なことになりますよ」

「ふざけんなよ。何だよ面倒なことって、具体的なことを言ってくれ。じゃねえと、話になんねえだろうが……」

「具体的に……？　わかりきったことじゃないですか。つまり、王卓蔡を敵に回してもいいのかということです」

「てめえ、俺たちのバック、知っててそういうこと言ってんのか？　え？」

「おたくのバック？　ええ。もちろん、存じておりますよ。昌亜会ですよね。ま、あなたがたが昌亜会の組員かどうかは別として、ケツ持ちしているのは昌亜会でしょう」

相手は、一瞬絶句した。外堀を埋めつつある。茂太はそう思った。

相手がひるんだと感じたのだろう、追い込むように一平がしゃべりはじめた。

「とにかくですね、問題はあなたたちがサイトで使った写真なんですよ。盗撮の写真が数枚ありました。クリックすると拡大写真が表示される仕組みになっていますね。その中にですね、上海で開かれた自動車の展示会のものが混じっていました。コンパニオンを赤外線カメラで撮影したものです。そのコンパニオンの中に、王卓蔡とごく親しい女性がおりまして……」

「適当なこと、こいてんじゃねえぞ、こら」

「いえ、私どもも、それが嘘ならどんなに楽かと……。さきほど電話した中国人女性は、そのマネージャーです。もちろん、その女性マネージャーも王卓蔡とごく親しい間柄なのです。まず、彼女がサイトで、問題の写真を発見しましてね。かんかんになって、王卓蔡に知らせたのです。王卓蔡も、ひじょうに不快感を示しました。何せ携帯サイトというのは、どこでも誰でも見られます。しかも、あなたたちは、不特定多数の人にURLを送りつけたわけですよね。そして、携帯のボタンを押させたわけです。王卓蔡は、その点にも腹を立てております。王卓蔡は盗撮されたコンパニオンをひじょうに気に入っておりまして、それがその……、まあ要するに詐欺まがいのことに利用されたことに、腹を立てているのです」

そこまで一気にまくし立てて、一平は言葉を切った。

「誰が腹を立てようと知ったこっちゃねえな。写真はネットで流れていたものを拾ったんだ。ただそれだけだよ」

「どこで入手したかは問題じゃありません。あなたは、悪質な金儲けにその写真を利用した。問題は、王卓蔡が腹を立てているということなのです」

「てめえ、何者だ？　はったりかましてんじゃねえぞ……」

「さきほど申しましたとおり、私は、王卓蔡の弁護士兼通訳です。王卓蔡をなだめるのには、私も苦労しました。さきほど電話した二人の中国人のうち、男のほうは、王卓蔡の部下です。彼は、とばっちりを食いましてね……。王卓蔡の八つ当たりを食らったんです。左手の人差し指、中指、薬指の三本がなくなってしまいました。青龍刀でぶった切られてしまいましてね……。こんなことになったのも、あなたたちのせいだ。もし王卓蔡があなたたちを許しても、俺は絶対に許さない。彼はそう言ってます」

「寝言は、寝てからにしな。切るぞ。二度とかけてくるな」

「では、そちらに直接お邪魔しましょうか？」

「はったりはやめとけ。どうせ、こっちの居場所なんて知らねえんだろう」

「知ってますよ。これからうかがいましょう」

「ああ、好きにしな」

電話が切れた。一平は、まったく臆した様子もなく、再び電話をかけた。やはりハンズフリーでスピーカーから呼び出し音が聞こえる。

「はい。ハートフル企画です」

営業用の気味の悪いくらいに愛想のいい声だ。

「だからね、そういう対応されると、こっちも考えなくちゃならないと言ってるじゃないですか」

一平が言うと、相手は、露骨に舌打ちをした。

「てめえ、いいかげんにしろ」こちらを威嚇しようとしている口調だが、若さが出て、どうも迫力に欠ける。「若い者を送り込むぞ」

「昌亜会は、いちいちこんなトラブルで動いてはくれないでしょう？　それに、昌亜会は、決して王卓蔡と事を構えたりしないはずだ。そうじゃありませんか？」

「こっちの居場所、知ってるんなら、来りゃあいいじゃねえか」

また電話が切れた。今度は一平もかけ直さなかった。

「どうした？」茂太が尋ねた。「がんがん攻めるんじゃないのか？」

「こっちがはったりだということに薄々勘づいているんだ。なにせ、相手はプロだからな。そういうことには敏感だ」

「じゃあ、これ以上は打つ手なしということか？」

「情報が必要だ。相手の名前、住所、個人の携帯電話、何でもいい。何かわかれば、プレッシャーをかけられる」

「調べる方法はないのか？」

茂太が言うと、一平は睨み返してきた。

「警察じゃないんだ。情報収集能力にも限界がある」

「せっかくいいところまで来たのにね……」

響子が溜め息をついた。茂太は、唇を噛んでいた。

やはり、素人集団がプロを敵に回すのは無茶なのだろうか。

みんなが押し黙り、狭い部屋が重苦しい沈黙に包まれた。そのとき、黒崎が折りたたんだ紙を取り出して、テーブルの上に置いた。

「何ですか、これ……」

茂太は黒崎に尋ねた。

黒崎は、紙を指さした。開いてみろという意味だろう。

一平が紙を手に取り、開いた。一平は、眉をひそめて書かれている文字を睨み、それから黒崎を見つめた。

「何だ？」

茂太は手を伸ばして、一平の手から紙を抜き取った。

こう書かれていた。

「ハートフル企画、代表者名・木島俊一《きじましゅんいち》（25歳）現住所、新宿区大久保二丁目二〇グランデ新大久保五〇四」

茂太は、驚いて一平と同様に黒崎を見つめた。

「どうしたんだ？」

駒田が茂太と一平を見ながら尋ねた。一平がこたえた。

「ハートフル企画を名乗っているやつの名前と住所だ」

駒田が紙を受け取って、しげしげと眺めた。それから黒崎のほうを見て言った。

「いったい、どうやって調べたんだ？」

黒崎は、小さく肩をすくめてみせただけで何にも言わない。

これほど無口な男も珍しい。そういえば、彼の職業について詳しく聞いたことがない。都の職員だと、駒田が言っていたので、漠然と都庁で働いているのだと思っていた。あるいは、役所ではこうした情報を集められるのかもしれないと、茂太は思った。架空請求が問題になり、当然、都でも対策を練っているだろう。そういう部署には、詐欺の常習者の名前などの情報も集まってくるだろう。

「どうやって調べたかは、この際問題じゃない」一平が言った。「これが本当かどうかが問題なんだ。本当だとしたら、俄然こちらが有利になる。個人情報というのはそれくらいに貴重なんだ」

一平はまた携帯電話を取り出した。

ここで、あれこれ黒崎に質問して時間を無駄にすることはない。一平の判断は正しいと茂太は思った。どうせ、質問しても、黒崎は何もしゃべってくれないに違いない。知り合って間もないが、すでに茂太は黒崎との付き合い方を学んでいた。あれこれ話しかけても無駄なのだ。だが、物事に無関心なわけではない。彼は彼なりに茂太たちの計画に協力しようとしている。

一平が再びハンズフリーでハートフル企画に電話をした。

さきほどと同じ男が出た。一平は言った。

「木島さん、電話を切らずにちゃんと話し合いましょうよ」

相手が絶句した。長い沈黙があった。相手の衝撃を物語っている。

黒崎の情報は正しかったようだ。

「木島って、誰のことだ？」

男はそう言ったが、うろたえているのは明らかだ。

一平が言った。

「勘違いしないでください、木島俊一さん。私は、あなたにとっていい話をしているつもりなんですよ。問題を解決する方法を相談しようと言っているのですから……」

「だから、木島なんてやつは知らないと言ってるだろう」

「やはり、ご自宅にうかがったほうがいいですか？　たしか『グランデ新大久保』というマンションでしたね？」

男は再び、言葉を失った。一平がたたみかける。

「ただし、そちらにうかがうときは、私一人というわけにはいきません。ここにいる者が同行することになると思います。そう、王卓蔡に指を三本も切り落とされて、かんかんになっているやつです」

「てめえ、誰に向かって脅しかけてんだ？」

「あなたがたと違って、脅しではありません。王卓蔡は、やることはきっちりとやります。でなければ、今の地位を築くことはできませんでした。おわかりですね」

「おい、たかが写真一枚じゃねえか……」

やった。

茂太はそう思った。一平も、一同を見回してにやりと笑った。

名前と住所を指摘されて、男はもう白《しら》を切ることはできないと諦めた。つまり、彼は、自分が木島俊一だと認めたのだ。

「写真一枚が命取りになることもあるんです」

「言っただろう。あの写真はネットで拾っただけだって……」

泣きが入ってきた。相手は心底怯えているようだ。虚勢を張ることすらやめている。すでにその余裕がないのだ。

「さきほど言ったはずです。どうやって入手したかは問題ではありません。あなたが、それを不当な金儲けに利用し、そのことについて王卓蔡が本当に腹を立てているということが問題なのです」

「何がほしいんだ？　金か？」

「本来なら、金で済む話じゃないんです。王卓蔡は、あなたを消すと言っていました」

「待てよ、おい……」木島俊一は言った。「冗談じゃねえぞ」

「もちろん、冗談じゃありません。王卓蔡は本気です」

「話を聞こうじゃねえか。俺にとっていい話だと言ったな？」

「ようやくその気になってくれましたか」

「いいから、さっさと話を済まそうぜ」

「王卓蔡の気が変わるほどの誠意が必要でしょう。三千万円、用意してもらいます」

「そんな金、あるわけねえよ」

「あなた、昌亜会の名前を出したんですよ。面子《メンツ》にかけても用意してもらいます」

「俺は……」木島俊一は、完全に度を失っていた。「組員じゃねえ」

「それは、もはや関係ありませんね。あなたは儲けた金の一部を昌亜会に上納している。ケツ持ちっていうのは、トラブルのときに後始末をしてくれるということでしょう？」

「俺はただの半ゲソだよ。三千万円なんてとても用意できねえ」

「ならば、王卓蔡に殺されるしかないですね。ここにいる者が喜んでグランデ新大久保にうかがいますよ」

「無理なものは無理だ」

木島俊一は言った。

「いくらだったら用意できます？」

「五百万円くらいなら……」

「ふざけてもらっちゃ困ります。それじゃ、王卓蔡の感情を逆なでするだけですよ」

「わかった。一千万、いや千五百万ならなんとかなる」

一平は、しばらく無言でいた。

沈黙が相手にプレッシャーを与えることを知っているのだ。茂太は、やり取りを聞いてどきどきしていた。

「どうした？」沈黙に耐えきれないという口調で、木島俊一が言った。「どうして黙っている？」

やがて、一平は言った。

「わかりました。千五百万円で手を打ちましょう。すぐに用意できますね？」

「一日待ってくれ。金をかき集めなきゃならねえ」

「いいでしょう。受け渡しについてはまた連絡します」

一平は電話を切ると、すぐに立ち上がった。

「行くぞ」

茂太はぽかんと一平を見上げた。

「行くって、どこへ……？」

「木島のマンションだ。きっと逃げ出すに違いない。その前にとっ捕まえなきゃ」

茂太は驚いた。話はついたものと思っていたからだ。だが、この世界の交渉というのは、そう簡単なものではなさそうだ。

「全員で行くのか？」

「人数は多いほうがいい。急がないと、木島は姿をくらましてしまうぞ」

茂太はあわてて立ち上がった。


タクシー二台に分乗して、木島俊一の住むグランデ新大久保というマンションに向かった。茂太のアパートがある早稲田からは、車で十分とかからない距離だ。

マンションに着くと、一平が言った。

「とにかく、やつがまだいるかどうか調べてみよう」

今時のマンションは、どこもかしこもオートロックだ。一平は、躊躇もせずに閉ざされたドアの脇にあるテンキーで、木島俊一の部屋番号を入力した。インターホンからチャイムの音が聞こえてくる。同じチャイムが部屋の中で鳴っているはずだ。

返事はない。

一平は、もう一度テンキーに部屋番号を打ち込んだ。

やはり返事はない。

「もう、逃げちまったかもしれないな」

一平がつぶやいた。さらにもう一度、部屋番号を打ち込む。チャイムの音がして、今度は返事があった。

「はい……」

「木島俊一さん？」

「誰だ？」

一平は、こたえずにそのままインターホンから離れた。茂太はそのあとを追った。

「まだ部屋にいたな……。おそらく今ごろは、部屋の窓から周辺の様子をうかがっているに違いない」

「これからどうするんだ？」

「マンションにまでやってきて、充分にプレッシャーをかけた。もう逃げられないと思ったに違いない」

「監視とか尾行とかしなくていいのか?」

一平は、不思議そうな顔で茂太を見た。

「こっちは、相手の顔を知らないんだぞ。どうやって監視するんだ?」

そうだった。茂太たちは、木島俊一の顔を知らない。

一平が黒崎に尋ねた。

「あんた、まさか木島俊一の写真とか持ってないよな?」

黒崎は、かぶりを振った。

「そうだよな。いくらなんでもな……。じゃあ、顔を見てくるか……」

「どうやって……?」

「オートロックのマンションは、住人に玄関のドアを開けてもらわなければ、中に入れないと思っているだろう?」

「そうじゃないのか?」

「誰かが中から出てくるときに、入ってしまえばいい。中に入るのは一人だけでいい。中からなら、玄関のドアはただの自動ドアだ。侵入した一人が中からドアを開ける。そうすれば、何人だって中に入れる」

「警備会社とかが、ビデオカメラか何かで監視してるんじゃないのか?」

「その時はその時だ」

「マンションの中に入ってからはどうする？」

「会いに行くさ」

「直接か？」

「集金に行くんだ」

茂太は、この一平の言葉を妙だと思った。

「相手は、金を作るために一日くれと言ったんだ」

「一日やったって、どうせ金なんか作れやしないよ。木島はチンピラだ。やつは、自分から五百万と言った。そういう場合、手もとに五百万円ある可能性が高い。そいつだけをいただくんだ」

「千五百万円が、五百万円になっちまう……」

茂太がそう言うと、一平は顔をしかめた。

「おい、金の問題じゃないんだろう？　おまえを引っかけた詐欺師から金を巻き上げる。それだけで充分なはずだ」

そう言われて、茂太は言葉を呑み込んだ。そうだ。欲をかいてはいけない。五百万円という金は充分に大金だ。たしかに、一平が言ったとおり、金額は問題ではなかったはずだ。千五百万円という金額を提示されたので、すっかりその気になってしまったのだ。

「おまえ、最初から千五百万円取れるとは思っていなかったのか？」

茂太は、一平に言った。一平は、ほくそ笑んだ。

「こういうのは、『損切り』と言ってな。一刻も早く取れるだけ取って諦める。でないと、一銭も取れないはめになる」

「へえ……」

茂太は、本気で感心していた。

「じゃあ、役割を決めよう。誰かが玄関から出てきたとき、あるいは住人が帰宅してドアを開けたときに、マンション内に入る役は、響子さん、あんたがいい。若い女だと、住民もあまり警戒心を抱かない。さて、マンション内に侵入したら、すぐに木島の部屋を訪ねる。茂太がいっしょに来てくれ。弁護士役の俺が話をする。おまえは話をする必要はない。左手をズボンのポケットから絶対に出さないでくれ。おまえは、指を三本切り落とされているんだからな」

「俺も行くのか？」

駒田が尋ねると、一平はかぶりを振った。

「王卓蔡本人が行く必要はない。何かあったら連絡するから、下で響子さんや明麗さんといっしょに待っていてくれ。念のために、黒崎さんにはいっしょに来てほしい。暴力沙汰になったら、こっちは心許ないんでね」

一平の仕切りで、全員が動きはじめた。玄関のそばに、響子だけが立ち、あとは物陰に隠れている。

すっかり日が暮れた。街灯がぼんやりと細い路地を照らしている。日が落ちても、気温はほとんど下がらない。昼間熱せられたアスファルトやコンクリートの壁が放熱している。茂太は汗をかいていた。

「お、誰かが出てきたぞ……」

マンションの中から中年の女性が出てきた。買い物にでも出かける様子だ。響子は、その中年女に、軽く会釈をしてからドアのところですれ違った。

うまいな。

茂太は思った。会釈をされれば、怪しいと思う気持ちが薄らぐ。響子は、まんまと玄関ドアの内側に入った。

「よし、行くぞ」

一平が玄関に向かった。ジーパンにひらひらした派手なシャツという恰好だ。とても弁護士には見えない。だが、この際そういうことは問題ではないらしい。

茂太と黒崎は、一平のあとに続いた。響子が玄関のドアを開けて待っていた。茂太が響子に言った。

「きみは、外で、駒田さんたちといっしょに待っていてくれ」

「わかった」

響子は外に向かった。

エレベーターで、五階に向かう。五〇四号室の前に立つと、一平がドアの脇のボタンを押した。室内でチャイムが鳴るのが聞こえる。

一平は、木島が出てくるまでしつこくボタンを押し続けた。

「誰だ……」

苛立った声がドアの向こうから聞こえる。

「先ほど、電話した者です」

ドア越しに相手の声が聞こえてくる。

「一日待てと言っただろう」

「まあ、ドアを開けてください。ご近所の迷惑にもなります」

しばらく、間があった。木島俊一は躊躇しているのだろう。

やがて、チェーンを外す音がして、ドアが開いた。ドアの向こうにいたのは、思ったよりずっと若い男だった。二十歳そこそこかもしれない。どちらかといえば童顔だが、眼がすさんでいる。その鋭い眼差しに、ひるみそうになったが、茂太は、負けずに睨み返した。こちらは、中国マフィアだ。位負けするわけにはいかない。

木島俊一は、黒崎を見て少しばかりたじろいだ。黒崎の体格は威圧感がある。戦いの専門家が見たら、どれくらい強いのかすぐに想像がつくはずだ。木島俊一は、ひょろりとした体つきだ。とても喧嘩が強そうには見えない。だから、頭で稼ごうとしたのかもしれない。

「今、ここにある金を手付けということで、いただきます」

一平が言った。

木島俊一は、一平をしげしげと見つめて言った。

「てめえが弁護士だって……」

「ええ。ちゃんと資格を持っていますよ」

「そうは見えねえな」

「服装で判断しちゃいけませんね。ま、仕事のときはちゃんとスーツを着ますがね。そんなことより、手付け金です」

木島俊一は顔をしかめた。

「ここに金はねえよ」

「じゃあ、どこに行けばあります?」

「歌舞伎町に、何人か共同で使っているダミーの会社があってな……。そこの金庫にならら……」

「じゃ、これからそこに取りに行きましょうか……」

木島俊一は、一平を睨みつけた。適当な言い逃れをしているのかもしれない。

木島は、ちらちらと黒崎のことを気にしている。黒崎の存在が圧力をかけている。

木島は考えていた。やがて、彼は言った。

「わかった。車で行こう。車を持ってくる。マンションの前で待っていてくれ」

一平がほほえんだ。

「いいえ。我々は車のところまでごいっしょしますよ」

11

夜の歌舞伎町に車でやってくるというのは、あまり利口ではない。区役所通りは渋滞しているし、第一車が通れる道のほうが少ない。

一平が木島の車を運転していた。茂太は助手席におり、後部座席に木島と黒崎がいた。茂太は一平に言われたとおり、一言も口をきかなかった。中国マフィアという役柄なのだから仕方がない。

何もしゃべらずにいると、なんとなく黒崎の気持ちがわかるような気がしてきた。こちらが無言でいると、他人のことをよく観察できるのだ。何かをしゃべろうとしたとたんに、自我が前面に出る。そうすると、とたんに相手の影が薄くなるような気がする。

黒崎は、おそらくしゃべらないことで、自我を抑え、周囲の人間をじっと観察しているのではないか。そんな気がした。

一平が運転する木島俊一の車はおそろしく、のろのろと進んだ。いちおうメルセデスだ。見栄《みえ》もあるのだろうが、この若さでなかなか乗れる車ではない。そうとうに荒稼ぎをしているようだ。カーナビがついている。運転席の一平がそれをいじっていた。どうやら、カーステレオとカーナビが一体になっているようだ。CDが入っていたらしく、突然激しいパンクロックが車内に満ちた。一平はあわててボリュームを絞った。

「なかなかいい趣味じゃないですか」

一平が皮肉な口調で言った。後部座席から鼻で笑う声が聞こえてきた。一平は、CDからFM放送に切り替えた。茂太もそちらのほうがずっとましだと思った。

「どのあたりですか?」

一平は、後部座席の木島に尋ねた。木島は言った。

「もう少し先だ。車をどこかに停めて、歩かなきゃならない。通りの右側だ」

一平たちは、明治通り側から区役所通りに入っていたので、そのあたりは、中国マフィアの縄張りということになる。

「あのあたりは、我々が支配している」

一平が言った。木島は、ふんと笑った。

「あそこに縄張りを持っているのは、王卓蔡だけじゃないよ。呉孫達だっていくつかのビルを縄張りにしているし、昌亜会の縄張りだってある」

「つまり、あなたの言うダミーの会社というのは、その昌亜会の縄張りにあるということですか？」

木島はにたにたと笑っている。

「どうした？　昌亜会のビルと聞いてビビったか？」

一平は平然と言った。

「王卓蔡を舐めてはいけません」

なんとか路上駐車できるスペースを探しているとき、突然、ラジオの音が途切れた。空電のノイズに続き、スピーカーのハウリングのような音が聞こえた。

一平が思わずカーナビを見て言った。

「なんだ？　どうしたんだ……」

カーナビの画面も乱れていた。後部座席で、舌打ちする声が聞こえた。木島だった。

「またかよ……」

一平が笑いを含んだ声で言った。

「何です？　カーナビの調子が悪いのですか？　安物を買いましたね」

「そうじゃねえよ。これは、最近このあたりで話題になってる怪奇現象だよ」

「怪奇現象？」

「そう。誰もスイッチを入れないのに、テレビがついたり、パソコンがおかしくなったりする。カーステレオなんかもこのとおりだ。そして、その怪奇現象が起きたあと、たいてい火事が起きる」

「火事の話は知っている」

「そうだろうな」木島が言った。「噂じゃ、あんたたちが火を付けているという話だ」

一平がこたえた。

「そう。払うものを払わないと、あんたのマンションにも火を付けますよ」

カーナビもラジオも役に立たなくなったので、一平がスイッチを切った。彼は、なんとか路上駐車できるスペースを見つけようとした。

だが、夜の区役所通りではそれは不可能に近い。結局、木島の知り合いの、クラブのポーターに任せることにした。高級なクラブで金をふんだんに使っていると、こういう恩恵にもあずかれるのだ。

徒歩で、木島が言ったダミーの会社に向かう。一平は、緊張感を高めている。茂太はそれを肌で感じていた。

古いビルだった。たしかに、先日下見したあたりからそれほど離れてはいない。巨大な風俗店の看板がかかっているビルの裏手だ。コマ劇場の裏手に当たる。

エレベーターは一基しかない。ビルの外にエレベーターホールがある。エレベーターもひどく古い。

誰も口をきかなかった。部屋のドアの前に来ると、木島がポケットに手を入れた。

一平が言った。

「おっと、勝手にポケットに手を入れたりしないでください」

「鍵を出すだけだよ」

「手を出すときはゆっくりとお願いしますよ」

木島は、鍵束を取り出し、そのなかの一つをドアの鍵穴に差し込んだ。解錠する。

部屋の明かりは消えていた。

茂太はほっとしていた。明かりが消えているということは、部屋には誰もいないということだ。

木島が部屋に入った。一平がそれに続こうとした。

その瞬間に、黒崎の巨体が素早く動いた。一平の肩をつかみ、ぐいっと後ろに引くと、自分の体と入れ替えた。

戸口から木島の姿が消えていた。

黒崎が、部屋の中の闇に身を投じる。

茂太には何が起きたのかわからない。肉を打つ鈍い不気味な音が聞こえる。くぐもった悲鳴も聞こえる。派手に花瓶か何かが割れる音も聞こえた。

やがて、部屋の中は静かになった。一平は尻餅をついて、茫然としている。茂太も、ただ立ち尽くしていた。

一平が、はっと我に返った様子で起きあがり、手探りで明かりのスイッチを探した。部屋の明かりが灯った。

狭い部屋の中に黒崎が立っているのが見えた。その周囲に、二人の男が倒れている。その近くに木刀と金属バットが落ちていた。壁際で、木島が座り込んでいる。信じられないものを見るような目つきで、黒崎を見上げていた。

何があったかは一目瞭然だ。待ち伏せされたのだ。木島はおそらくマンションから連絡を取ったのだろう。最初にマンションの玄関脇のインターホンで、所在の確認をしたときから、会いに行くまでかなりの時間があった。その間に仲間と連絡を取り合ったのだ。

一平は尻餅をついている木島に言った。

「ふざけたことをしてくれましたね。金じゃあ済まなくなりますよ」

木島は完全に怯えていた。

黒崎の存在が大きかった。おそらく、一瞬にして木刀とバットを持った二人をやっつけてしまったのだろう。倒れている二人はぴくりとも動かない。それを間近で見てしまったのだ。暴力は、ときに言葉よりずっと説得力がある。

「待ってくれ。悪かった。本当に悪かった」

「本当にここに金があるのですか？」

「ある。五百万円だけある」

一平の読みのとおりだ。今、木島に用意できる金は五百万円だけなのだ。一平が言った。

「じゃあ、それをいただきましょう」

木島俊一は、部屋の隅にある金庫まで這って近づいた。金庫の前面についている電子ロックのテンキーに、暗証番号を打ち込む。

金庫を開けると、木島俊一は札束をつかみ出した。帯封をされた一万円札の束が五つ。間違いなく五百万円だ。

一平は、札束を確認した。部屋に、カップ麺が入ったスーパーのポリ袋があった。一平はカップ麺を放り出して、スーパーのポリ袋に五百万円の札束を入れると、それをぶらさげて木島に言った。

「残金については、また連絡しますよ」

すでに一平にその気がないことは、茂太にはわかっていた。これで、木島とは永遠におさらばというわけだ。

一平が最初に部屋を出た。それに茂太が続いた。黒崎が最後だった。

エレベーターを下りるまで、茂太は落ち着かなかった。三人は足早にビルを離れた。何度も背後を振り返った。誰かが追ってくるのではないかと気が気ではなかった。

コマ劇場のあたりまで来ると、一平が笑い出した。ぎょっとした茂太だったが、いつしかそれにつられて笑い出していた。一度笑い出すと、止まらなくなっていた。

「本当に五百万円、手に入っちゃったよ」

一平が言った。

茂太は言った。

「木島のやつは、俺たちが本当に王卓蔡の手下だと思ったのかな?」

「いまだに半信半疑だろうな。だが、黒崎さんの強さは本物だった。だから、逆らえなかった」

「そういえば、木島の名前や住所を探り出してくれたのは黒崎さんだったな」茂太は言った。「最大の功労者は、黒崎さんかもしれない」

「ああ、黒崎さんがいなかったら、成功しなかっただろうな」

「結局、駒田さんの王卓蔡は出番がなかったけど、駒田さんが黒崎さんを紹介してくれたんだ。感謝しなくちゃな」

茂太は、黒崎のほうを見た。黒崎は二人の会話には関心はなさそうだ。何か、臭いを嗅ぐような仕草をしている。

「何です？」茂太は尋ねた。「何か、臭いますか？」

黒崎は、突然歩き出した。

茂太は驚いて一平と顔を見合った。あわてて黒崎のあとを追う。

黒崎は、細い路地を進んでいく。一平が言った。

「おい、やばくないか？　こっちは本物の王卓蔡たちの縄張りだ」

黒崎が立ち止まった。細い道の中央だ。薄暗い路地のそこかしこに、明らかに日本人ではない東洋人がたむろしている。彼らは、明らかに茂太たちのことを歓迎していない。

「早くここを出よう」

一平が言った。だが、黒崎は、あるビルを見上げている。

突然、そのビルの窓が割れた。その瞬間に炎が噴き出してきた。

茂太は思わず声を上げていた。その瞬間から、周囲は騒然となった。どこからか人がわいて出てくる。そこかしこで、中国語の喚《わめ》き声が聞こえる。彼らは右往左往するだけで、火事をどうすることもできない。ただの野次馬なのだ。

やがて、遠くからサイレンの音が聞こえてきた。消防車のサイレンだ。

黒崎は、まだ炎を噴き出す窓を見上げている。

一平がその腕をつかんで引いた。

「行こう。だんだんと周囲の連中が殺気立ってきた。本当にやばいぞ」

黒崎は、ようやく歩きだした。それでも、彼は何度も振り返って燃えるビルを見ていた。

12

「ついに、ホトケさんが出たな……」

勝呂が言った。

昨夜の火災の現場だった。ビルの一階が燃えた。鑑識係員たちが、現場の写真を撮り、証拠品を漁っている。捜査員たちは、消防署と協力をして、火事の原因を探していた。百合根は、勝呂の隣にいて、焼死体を見下ろしていた。遺体は三体あった。皮膚のほとんどが炭化している。その炭化した皮膚がひびわれて、赤い肉がはぜている。

焼死体は、ドザエモンに次いで悲惨だ。

「ホトケさんとなれば、まずは私の出番ですな」

百合根はその声に振り向いた。僧衣姿の山吹がいたので、びっくりした。

「どうしたんです、その恰好……」

「夜に、法要がありましてな。おそらく着替えている時間がないので、このまま行こうと思いまして……」

実家の寺が忙しいときには、こうして手伝わされることがあるのだ。

「では、ちょっと失礼して……」

山吹が遺体に近づいて、腰を落とした。勝呂たち捜査員も、何事かと山吹を見つめている。

朗々と般若心経を唱えはじめる。

捜査の最中に読経が始まったので、一瞬驚きの表情で手を止めた鑑識の連中も、立ち上がり頭を垂れた。捜査員たちも神妙な顔つきになった。これまで、何度か山吹が捜査の現場で経を上げたことがあるが、一度も文句を言われたことはない。刑事というのは、いつしか信心深くなると誰かが言っていた。人の死にあまりに多く関わるからだ。百合根はそれを実感していた。

山吹が経を唱え終わると、勝呂が言った。

「これまで、この一連の火事で、人が死んだのは初めてだな……」

「どいてくれ」赤城の声がした。「死体があるとなれば、俺の出番だ。誰も手を出すな」

眼を覆いたくなるような遺体だ。だが、さすがに法医学者だけあって、赤城は興味津々といった眼差しだ。赤城は、三つの遺体の鼻や口を覗き込んだ。

「ふん……。あまり、煤がついてないな。煙をそれほど吸っていない」

百合根は尋ねた。

「つまり、火事が起きたときには、すでに死んでいたということですか？」

「あるいは、意識がなかった……。意識があって焼け死んだのなら、こんなにおとなしい恰好はしていないよ」

「なるほど……」

赤城のまわりに、いつしか鑑識係員が集まってきていた。

「でっぷりと太っているな。豚を焼いたみたいに、脂肪がはみ出している」

白髪のベテランらしい鑑識係員が言った。

「高級なベルトをしている。もっとも焼けちまっちゃ、高級もへったくれもないけどね」

別な鑑識係員が言う。

「これだけ焼けてちゃ、歯の治療痕あたりから身元を割り出すしかないな……」

「指紋も取れないしね……」

また別の鑑識係員が言った。

いつも百合根は不思議に思う。一匹狼を標榜し、一見傍若無人《ぼうじゃくぶじん》な振る舞いをするにもかかわらず、赤城の周囲には人が集まってくる。それも、鑑識係員のような専門的な知識を持った連中が集まってきて、あれこれ意見を言いはじめるのだ。まさに天性のリーダー気質としか思えない。だが、本人はそのことにまったく気づいていないらしい。

百合根は、遺体を赤城に任せ、他のSTのメンバーの様子を見ることにした。

黒崎と翠が一点を見つめ何かを話し合っているようだ。百合根はそちらに近づいた。

「何かわかりましたか？」

翠がこたえた。

「火元は、おそらくあそこ。ぶすぶすとくすぶっていた火が、おそらく熱で窓が割れたことで酸素を得て、一気に燃え上がった。バックドラフトというやつね。その炎の軌跡が焼け跡となってくっきりと残っている」

「出火の原因は？」

「それは、わからない。黒崎さんによると、化学的なものではないらしい」

百合根は黒崎を見た。

「煙草の火の不始末とかではないのですね？」

黒崎は、きっぱりと首を横に振った。

「この間、話題が出た、油による自然発火現象などでもないと……？」

黒崎は、同様に首を横に振った。

「出火元は、たぶん、化繊の敷物」翠が説明した。「先日の風俗店のときと、ほぼ同じね。鑑識の調査を待たなければならないけど、おそらく金属が織り込んである」

「やはり、先日言っていたジュール熱が関係しているのですか？」

「そうかもしれない」

「でも、ここでもやはり電流を流したような痕跡はありませんよね」

「昨夜、黒崎さんがこのあたりで、妙な体験をしたらしいわよ」

「昨夜、このあたりで……？　いったい、何をしていたんです？」

「それはさておき、車に乗っていて、カーステレオの調子がおかしくなったんですって」

「カーステレオの調子……？」百合根は思わず黒崎の顔を見ていた。「それって、例の怪奇現象ですか？」

黒崎はうなずいた。だが、やはり自ら説明しようとはしない。何度も同じことをしゃべるのがいやなのかもしれない。

代わりに翠が説明した。

「カーステレオでＦＭ放送を聞いていたんだけど、突然音が途切れて、妙なノイズやハウリングのような音が聞こえたそうなの。そして、カーナビの画面も乱れたと言っていた。それで、一つの謎が解けたような気がする」

「一つの謎が解けた？」

「そう。黒崎さんが言ったカーステレオの異常は、近くで強い電磁波が発生したときに、よく起きるものなの。例えば、強い高周波の電波とか……」

「高周波……？　無線機か何かですか？」

「そう。ブースターをつけて、違法に強い電波を出すと、テレビやラジオ、アンプなんかに影響を及ぼす。そして、パソコンや電子スイッチなどのチップに影響を与えるわけ。おそらく、このあたりで起きていた怪奇現象の正体は、キャップの言うとおり、違法な無線機か何かだと思う」

「それが火事とどういう関係があるんです？」

「直接通電しなくても、電流が発生することがある。電磁波の中に金属を置くと電流が発生するわけ。アンテナの原理ね」

百合根は、頭の中で翠の説明を整理した。

「つまり、こういうことですか？　誰かが違法なくらいに強い、高周波の電波をこのあたりで発信していた。それが、怪奇現象の原因だった。そして、同時にその電波が金属に電流を発生させて、ジュール熱を生み、それが火事の原因になった、と……」

「強い電波は、怪奇現象の原因にはなり得る」翠は腕を組んで考え込んだ。「でもね、火事の原因になるほどのジュール熱を発するとは思えない……」

「つまり、火事の原因は別にあるということですか？」

翠は、燃えた部屋の中を見回して言った。

「わからない。ただ、強い高周波と火事が無関係とは思えないんだけど……。一つの謎は解けた。つまり、怪奇現象の正体ね。でも、まだ謎は残っているということね……」

「歌舞伎町・連続火災担当」の部屋に引き上げてきた百合根たちSTのメンバーや、菊川、勝呂、上原の刑事たちは、まず洗面所で手を洗い、何度もうがいをしなければならなかった。

百合根は、何度うがいしても、鼻の奥が焦げ臭いような気がした。

それぞれのお気に入りの位置に陣取ると、勝呂が火事の概要を説明した。

「出火は、午後九時頃。歌舞伎町ではまだ宵《よい》の口だ。出火の原因は不明。過去の四つの火災との共通点が多い。まず、火元と見られているのは、床に敷いてあったポリエステルとウールの混紡のカーペットで、先日の風俗店のときと同様に中に金属線が織り込んであった。ちなみに金属線の材質は銅と真鍮《しんちゅう》。そのカーペットが折りたたんだ状態で置いてあった。焼失面積は約百四十平米。現場から、三体の遺体が発見されている。遺体の身元は、今のところ不明。すべて男性で、三十代から五十代の間だろうということだ」

「カーペットが折りたたんだ状態で置いてあった……？」

翠が尋ねた。

勝呂はうなずいた。

「ああ、そうだ。それがどうかしたか？」

「それじゃ、そのカーペットは使っていなかったわけね？」

「そうだろうな。折り重ねてあったら、カーペットの役には立たない。それが何か問題かね？」

「問題はないんだけど……」

百合根は、翠に言った。

「昨日、現場で僕に言ったことを、ここでもう一度説明してくれますか？」

翠はうなずいて、怪奇現象の正体が、おそらく強い高周波の電波で、それがもしかしたら、火事と関係があるかもしれないことを説明した。

勝呂は、眉をひそめた。

「だが、なんとか熱というのは、電気を通さなければ発生しないんだろう？」

「ジュール熱」翠は説明した。「電磁波の中に金属を置くと、その金属に電流が発生する。どうしてテレビが映り、ラジオが聞こえるかわかる？」

「何となくね……」

「放送局が発した電波の中にアンテナという金属を置くことで、そこに電流が発生するわけ」

菊川が翠に言った。

「アンテナは熱くなったりしないぞ」

「アンテナに生じるのは微弱な電流なので、熱を発しているようには感じられないけど、厳密にはジュール熱は発生している」

「火事を起こすほどのジュール熱ということは、ものすごく強い電波が必要なんじゃないのか？」

「そう。その点が問題なの」翠は言った。「たしかに、周囲の電子機器に障害をもたらすほどの強い電波を誰かが発信していたのかもしれない。でも、その程度の電波が周囲の金属にジュール熱を発生させたとしても、とても火事など起こすほどには熱くはならないと思う」

「じゃあ、怪奇現象の原因と火事の原因は別ということになる」

「ただね……、カーペットを折りたたんで置いてあったというのが気になる。そういう状態だと、金属線に発生したジュール熱は、加算されるような状態だし、なおかつ布の部分が熱を蓄積するような形になると思う」

「つまり……」僧衣姿の山吹が言った。「熱が増幅されるというわけですね」

「そう」翠がうなずいた。「結果的にそうなったのかもしれないけど……」

「いや。偶然そうなったわけじゃないね」青山が言った。「明らかに意図的なものを感じるじゃない」

菊川が青山に尋ねた。

「意図的なものを感じるって、どういうことだ？」

「三つの遺体が見つかった。これまでの一連の火事で、遺体が発見されたのは初めてでしょう？　それに、その折りたたんで置いてあったカーペット……」

青山は赤城に尋ねた。

「三人の犠牲者だけど、焼け死んだの？　それとも死んでから焼けたの？」

赤城は、低くよく通る声でこたえた。

「三人とも、煤や煙をあまり吸い込んでいない。そして、それほど苦しんだ様子も見て取れない。つまり、死んでいたかどうかは別として、焼けたときに意識がなかったことは確かだ」

「ね……」

青山は百合根に言った。

「ね、って、どういうことです？」

「計画的な殺人の可能性があるということじゃない」

「計画的な殺人だって……」勝呂が声を上げた。「どうしてそういうことになるんだ」

青山は、勝呂の問いには直接こたえず、話を続けた。

「これが殺人だとしたら、犯人はひじょうに好奇心旺盛な人物だ。おそらく、人並み以上に科学的な知識がある。大学で専門に理科系の勉強をした人物だ」

「どうしてそんなことがわかる？」

「連続して起きた火事の原理を理解して、それを利用した殺人を計画したからさ。おそらく、その人物は、過去の火事のからくりを理解している。専門的な知識がなければ無理だ。事実、物理担当の翠さんが、完全に謎を解いていないんだからね」

「あの……」百合根は勝呂に言った。「青山は心理学が専門で、プロファイラーでもありますので……」

「プロファイラー……」

勝呂がつぶやいたとき、突然部屋の引き戸が開いて、組織犯罪係の梶尾が戸口に立った。彼はさっと室内を見回すと後ろ手に戸を閉めて言った。

「火事で死人が出たそうですね。遺体は三体あったとか……」

「ああ、そのとおりだ」勝呂が応じた。「それがどうかしたか？」

「火事があったビルは、王卓蔡の縄張りです」

「これまでも、王卓蔡の縄張りのビルが燃えたことはあった」

「呉孫達とその手下二人が昨夜から行方不明になっているらしい」

「ゴ……？　誰だって？」

「呉孫達。現時点で、王卓蔡の最大の商売敵でしょう。つまり、敵というわけです」

菊川が梶尾に尋ねた。

「どんな男なんだ？」

「福建省出身で、若い頃は極めて暴力的でしたね。まあ、情け容赦ないという点では最近でも変わっていませんでしたが……」

梶尾は戸口に立ったままだ。誰も、彼に座れとは言わない。刑事たちは、もと公安の梶尾に警戒心を抱いているようだ。もっと有《あ》り体《てい》に言えば、反感だ。

百合根は梶尾に言った。

「情報を共有したいということですよね」

梶尾は驚いたように百合根を見た。それから、肩をすくめて言った。

「まあ、そちらが組対の情報を求めているというのでしたら……」

この辺のもったいぶりかたが、元公安らしい。ここに自ら足を運んだということは、火事の情報がほしいということだ。

「じゃあ、かけたらどうです？」百合根は言った。「会議に参加してください」

梶尾はうながされて、空いている席まで移動した。菊川の隣で、刑事側の一番端だった。

勝呂が言った。

「そのゴなんとかの話をもっと詳しく聞かせてもらおう」

梶尾は、顔をしかめて、机上にあるメモ帳を引き寄せ、大きく「呉孫達」と書いた。

「一時期は、歌舞伎町で絶大な勢力を誇っていました。だが、それも王卓蔡が台頭するまでの話ですね」

「つまり、世代交代が起きたわけだな？」

菊川が言うと、梶尾はうなずいた。

「まさに、世代交代ですね。呉孫達は、五十一歳でした。ばりばりの武闘派でしたが、すでに盛りを過ぎていた。伝統的な中国マフィアというのは、年功序列の面があり、年長者が大切にされる傾向がありますが、歌舞伎町あたりで鎬《しのぎ》を削っている新興勢力は、まさに下剋上ですよ。実力のある者がどんどん勢力を伸ばしていくのです」

「呉孫達と、王卓蔡の力関係はどうだったんだ？」

菊川の質問に、梶尾はふと深刻な表情をのぞかせた。

「微妙なところですね。王卓蔡にはたしかに勢いがある。しかし、既存の呉孫達の力ははばかにできません。王卓蔡は挑戦者、呉孫達はディフェンディング・チャンピオンといったところでしょうか……」

「それで……」赤城が尋ねた。「その呉孫達はどんな体格をしていた？」

「明らかに太りすぎでしたね。若い頃は筋肉質だったそうですが、人間、偉くなるとどうしても堕落するものです」

「焼死体の一つは、明らかに脂肪が付きすぎの体型をしていた」

勝呂が、梶尾に言った。

「呉孫達が歯医者に通っていたという記録はないか？」

梶尾は勝呂を見た。

「遺体の身元は組対で洗います」

「何だって……？」

「そのための事情を、今説明したつもりですが……」

「どういう事情だ？」

「火事は、王卓蔡の縄張りのビルで起きた。その火事で、三人の焼死体が発見された。そして、昨夜から呉孫達ら三人が行方不明になっている……。これらの事実から、これは抗争事件だということが、ほぼ明らかだと思いますが……」

「だから、あんたらが捜査するというのか？」

「そうですよ。何か問題がありますか？」

梶尾は平然と言った。勝呂は腹立たしげに眼をそらした。

「被害者が呉孫達たちだったら、どうするの？」

青山が梶尾に尋ねた。梶尾はすました顔でこたえた。

「王卓蔡を引っ張りますよ」

「どういう罪状で？」

「さあね。それはそのときに考えますよ」

公安のやり方だ、と百合根は思った。別件逮捕で引っ張り、口を割らせるのだ。

梶尾は情報の交換にやってきたわけではなかった。あくまでも、組対主導で捜査をやるということを言明しにやってきたのだ。ついでに、こちらが握っている情報を吸い上げにきたに過ぎない。

「ちょっと、いい？」

青山が言った。梶尾は青山を見た。

「何ですか？」

「王卓蔡って、北京大学の学生だったって言ったよね」

「はい」

「何を勉強していたかわかる？」

「もちろん知っています。物理学を学んでいました。たしか、半導体の理論が専攻だったはずです」

「なるほどね……」

「それが何か……」

「ちょっと気になっただけだよ」

梶尾は疑わしげな眼差しを青山に向けたが、それ以上は追及しなかった。彼は立ち上がった。

「あなたたちは、一刻も早く、火事の原因を究明してください。それが、あなたたちの役割なのですからね……」

そう言い残すと、彼は部屋を出て行った。勝呂と菊川は、怒りの表情だった。部屋の中が白けた雰囲気になり、誰も口を開こうとしない。

なんとかしようと、百合根は言った。

「あの……、もう一度、整理して考えてみましょう。今回の火事は、過去の四件と明らかな類似点があります。強い高周波の電波によると思われる現象があった。そして、前回の風俗店と同様のカーペットから出火している。でも、相違点もあります。過去の四つの火事では、被害者は出なかった。今回は、三体の焼死体が発見された……。これについて、どう思います？」

山吹がそれにこたえてくれた。

「重要な点は、もう一つあります。過去の四件の火事は、出火したときに現場に人気がなかったことが確認されています。今回は、少なくとも、出火したときに三人の人が現場にいたわけです。それは大きな相違点でしょう」

赤城が言った。

「だが、その三人は火事が起きたときにすでに意識を失っていた。あるいは、すでに瀕死の状態だったか、死んでいたかもしれない」

「それは確かなんですね？」

山吹が確認すると、赤城が言った。

「俺の見立てに間違いはない」

ようやく議論が再開されて、百合根はほっとした。

勝呂が思案顔で言った。

「誰かが、意識不明の三人がいる部屋に火をつけたとも考えられるね」

「そうだな」菊川が言った。「過去の四件の火事と、今度の火事は違うのかもしれない。もし、これが殺人事件だとしたら、俺たちは、いつか青山が言った思い込みに陥っているのかもしれない」

百合根が菊川に尋ねた。

「どういうことです？」

「つまりだな、過去の四件の火事の出火の原因があまりに不可解だから、今回もそうだと思い込んでいるのかもしれない。考えてみたら、焼けた部屋は密室でも何でもないんだろう？　過去の四件に似せただけかもしれない。ジュール熱とか言ったっけ？それに似せることはいくらでもできるだろう。密室じゃないんだし、三人は意識を失っていたんだから、犯人は電熱器だってアイロンだって何だって持ち込める。電熱器で火を付ければ、化学薬品の臭いは、過去の四件同様に残らない」

「へえ……」百合根は感心したように言った。「珍しくいいところついてくるね……」

「俺は捜査経験豊富な刑事なんだよ」

「たしかに、これが殺人だとしたら……」青山は言った。「犯人はそういうことをやりたがる人物だと思う。自分の頭のよさを誇るために、警察に挑戦したりするんだ。謎かけをして、こちらが謎を解くのを楽しんで見ている」

「ふん、警察は捜査のプロだ。なめちゃいけない。これが過去の四件に似せた偽装だとしたら、必ず放火の実行犯は何か痕跡を残している。あるいは目撃者がいるかもしれない」

菊川が言うと、勝呂は力強くうなずいた。

「その線は、有力だな。よし、聞き込みに力を入れるとするか……」

「……ということは、もうSTの出る幕じゃないということだね」青山が言った。

「僕、帰っていい？」

「待てよ。まだやることはあるだろう。過去の四件の火事の原因が明らかになったわけじゃない。怪奇現象との関連だって、まだはっきりしていないんだ」

菊川にそう言われて、青山は肩をすくめた。

「タクシー会社に問い合わせてみれば？　怪奇現象や火事が起きたときに、無線に異常がなかったかどうか。あのあたりは、夜になるとタクシーの空車だらけだし、タクシーは無線を使っているでしょう？　誰かが大出力の無線を使ったのだとしたら、必ず異常が出ているはずだ」

勝呂は上原に目配《めくば》せした。上原はうなずいてすぐに立ち上がり、ノートパソコンを立ち上げた。タクシー会社のリストを呼び出すのだろう。

百合根は、ずっと気になっていたことを、黒崎に尋ねた。

「今回の火事の日に、現場のそばにいたのですね？」

黒崎はうなずいた。

「事件のことを調べていたのですか?」

黒崎はかぶりを振った。

「個人的な用事ですか?」

黒崎がうなずく。

「捜査二課から、妙な問い合わせが来てたんです。STは何かつかんでいるのかって……。黒崎さん、捜査二課に『ハートフル企画』を名乗る架空請求詐欺のグループについて問い合わせたそうですね? それって、今回の事件と関係あるんですか?」

黒崎はかぶりを振って何かつぶやいた。

まだわからない、と言ったように聞こえた。黒崎は必要なことしかしゃべらない。逆にいうと、必要なことは話してくれるということだ。黒崎がしゃべらないということは、話す必要がないことを意味している。

引き戸をノックする音が聞こえた。勝呂が返事をする。見覚えのある男が、戸口で言った。

「ちょっと来てくれ」

たしか、強行犯係の刑事だ。

「どうした？」

勝呂が尋ねたが、その刑事は、さらに言った。

「STさんもいっしょに……。とにかく、見てほしいものがある」

勝呂は百合根を見た。百合根はうなずいて立ち上がった。全員が刑事に連れられて移動した。そこには、他の強行犯係の面々がいた。会議室のようだ。彼らは、大きなモニターの画面を見つめている。何かの映像が映っていた。

百合根は、しばらくそれを見つめていて、あっと思った。

それは、間違いなく今回の火事の現場となった部屋を撮影したビデオだ。監視カメラか何かで撮影されたものらしく、上方から部屋の中を撮っている。

三人の男が倒れているのが見える。

勝呂が尋ねた。

「班長……、これは……」

有島係長が、画面を見つめたまま言った。

「ここを見てくれ」

リモコンを使って、早送りにした。

倒れている三人のそばに、折りたたんだカーペットが置かれている。火元となったカーペットだ。そのカーペットからかすかな煙が立ちはじめた。

百合根の視線はモニターの画面に釘付けになった。

カーペットから立ち上る煙がだんだんと濃くなって、やがて、炎がちろちろと舌を出した。煙が部屋に充満していく。やがて、炎は大きくなり、突然映像は途絶えた。

百合根は、言葉を失っていた。

勝呂が言った。

「もう一度見せてください」

有島係長は、リモコンを使ってプレイバックする。放火犯の姿などどこにも映っていない。部屋にいるのは、倒れている三人だけだ。誰も触れていないカーペットから出火している。それがはっきりと映像に残っている。

「このＤＶＤが速達で送られてきた。差出人は不明。封筒はすでに鑑識に回してある」

「トリックじゃないのか？」菊川が唸るように言った。「うまく編集してあるとか……」

翠がこたえた。

「専門家に分析してもらえばはっきりすると思うけど、たぶん、編集はしていない」

「ということは……」

「そう」青山が言った。「菊川さんの説は否定された。明らかに放火犯などいない状態で発火している」

山吹が隣にいる黒崎に話しかけるように言った。

「これは、密室なんかよりやっかいかもしれませんね」

黒崎は、じっとモニターを見据えていた。

13

ＤＶＤにダビングされたビデオの映像に映っている三人は、呉孫達と、その手下の李健昌《りけんしょう》と陳耀《ちんよう》であることが確認された。

組織犯罪対策課のほうがにわかに勢いづいた。王卓蔡と呉孫達の抗争事件として扱うのだ。組対からは、「歌舞伎町・連続火災担当」に何度も催促があった。早く、火事の原因を究明しろというのだ。

「そう簡単にわかりゃ、苦労しねえよ」

勝呂は、そのたびに吐き捨てるように言った。

タクシー会社に問い合わせたところ、たしかに、区役所通りにいたタクシーから無線に異常があったという報告を受けていたという。調べてみると、パトカーや交番の無線も一時使えなくなっていた。灯台もと暗し、とはこのことだ。誰も、無線の異常と怪奇現象とをつなげて考えなかったのだ。

「誰かが高周波の無線を使っていたことは明らかなようね」翠は言った。「そして、それがきっと火事と関係がある」

問題のＤＶＤは、すでに何度も見ていた。倒れている三人。そのそばにある折りたたまれたカーペット。部屋の様子から、しばらく使われていないことがわかる。調度は何もなく、段ボールなどが乱雑に積まれていた。カーペットから出た火が、この段ボールに燃え移ったことは容易に想像できた。

犯人が挑戦状代わりに送ってきたＤＶＤだ。犯人は自信満々なのだ。だが、出火する瞬間が映っているのだ。きっと手がかりがあるに違いないと百合根は思った。

映像の分析は、ＳＴの役目だ。

勝呂、上原、そして菊川は主に聞き込みに回っていた。今も三人は出かけている。ＳＴのメンバーたちは、もう何度も見た映像をさらに繰り返し見ている。百合根も眼が痛くなるほど映像を見つめ続けていた。

青山と赤城は、あまり関心がなさそうだ。彼らは、専門外だとばかりに、モニターから一番離れた位置にいる。

「何かあるはずよ……」翠がつぶやく。「違法なくらいに強力だとしても、無線機から発信された電波くらいで、カーペットが燃え上がるはずがない……」

映像が途切れた。

翠はリモコンで、また発火する瞬間まで映像を戻す。突然、黒崎が翠の手からリモコンを奪った。そして、ポーズボタンを押した。映像が止まる。

黒崎は、じっとモニターを見つめている。翠が黒崎に尋ねた。

「どうしたの？」

黒崎は、眉をひそめてモニターの一点を注視していた。翠はその視線を追った。

山吹が言った。

「そう。私も気になっていたんですが、あのカーペットの向こう側にあるのは何でしょうね？」

翠、山吹、黒崎の三人がモニターに近づいた。

百合根は思わず聞き返していた。

「カーペットの向こう……？」

山吹がうなずく。

「ほら、妙にぴかぴかしたものがあるでしょう。それにでこぼこしている」

少し離れたところから、青山が言った。

「あれ、台所の油よけじゃない？」

百合根は青山を見た。

「油よけ？」

「アルミでできた屏風《びょうぶ》みたいなのがあるじゃない。壁に油が跳ねないようにガステーブルの後ろなんかに置くやつ……」

「たしかに、そんな感じですが……」山吹が言った。「やけに大きくないですか？」

「いくつかつなげているようにも見える」翠が言った。「アルミの屏風のような板……。これって、いったい何のために……」

翠と山吹が、黒崎を見た。

黒崎は、画面を見つめたまま、つぶやくように言った。

「アンダーソン局在……」

山吹は眉をひそめたが、翠は、何かを思いついたように目を見開いた。

「そうか……」

翠は、立ち上がりモニターのある会議室の出入り口に向かった。

「どこへ行くんです？」

百合根はあわててあとを追った。他には誰もついてこなかった。翠は、強行犯係の島に行くと、言った。

「誰か、パソコン貸して」

すぐそばにいた若い私服が、驚いた顔で翠を見上げた。

「いや、パソコンって……」

「必要なのよ。貸して」

「機密保持上の問題もあるし……」

「インターネットを使うだけよ。よけいなファイルを開かないように、あなたそばで監視していればいいじゃない」

翠の勢いに押されるように、若い私服は席を譲った。翠は、インターネットのブラウザを立ち上げて何事か検索を始めた。

百合根はどうしていいかわからず、立ち尽くしていた。

「いったい何事です？」

「アンダーソン局在か……。あり得ないことじゃない」

「いったい、何なんです、それ？」

翠は、検索に没頭している。パソコンを貸してくれた若い私服は、言われたとおり翠を監視している。

百合根は、その私服に申し訳なく思い、謝ろうと思った。彼は、大きく開いた翠の胸元をちらちらと盗み見ている。謝る気をなくした。

翠が言った。

「プリントアウトはできる？」

若い私服が翠の胸元からあわてて眼をそらしてこたえた。

「印刷の指示をすれば、あそこの複合機から出てきますよ」翠はうなずき、いくつかのページを印刷した。コピー、ファックス、プリンタの複合機が唸りを上げはじめる。

「どうもありがとう」

翠は立ち上がり、パソコンを貸してくれた若い私服に言った。

「いえ、こちらこそ……」

私服は、にやけて言った。

翠は、プリントアウトされた紙の束を取りに行った。百合根はそのあとに続く。翠は、一種の興奮状態にある。

「謎が解けたんですね？」

百合根が尋ねた。

「可能性はおおいにある」翠は、プリントアウトされた紙をチェックしながら言った。「でも、犯罪を立証するのは難しいかもしれない」

「説明してください」

「みんなが戻ってきたら、説明する」

翠と百合根は、STのメンバーが待つ会議室に戻った。

山吹が言った。

「今、黒崎さんが、アンダーソン局在について、簡単に説明してくれましたよ」

百合根は、聞きそびれたというわけだ。まあいい。菊川たちが帰ってきたら、翠がちゃんと説明してくれるのだ。

翠が黒崎に言った。

「あんた、化学屋《ばけがくや》のくせに、なんでアンダーソン局在なんて知ってるのよ」

黒崎は、小さく首を傾げただけだった。


まず、勝呂が疲れ果てた顔で戻ってきた。その様子を見るだけで、聞き込みの成果がなかったことがわかる。

「いい知らせがあります」百合根は言った。「火事の原因について、手がかりがつかめたようなんです」

「ほう……」

勝呂は、元気になるというより、ほっとした顔になった。

次に戻ってきたのは、菊川だった。彼も苦い表情だ。

「まったく、あのあたりのやつらは貝みてえに口が堅いな……」

勝呂が菊川に言った。

「何か手がかりが見つかったそうだよ」

菊川は翠を見て言った。

「本当か?」

「あくまでも可能性の問題よ」

最後に上原が戻ってきた。やはり元気がない。

「さて……」百合根が言った。「翠さん、説明してください」

上原は何が始まるのかと、周囲を見回した。

まず、DVDの映像からキャプチャーした画像のコピーを配った。

「問題のカーペットの向こう側を見て。何かぴかぴかしたものが見えるでしょう? 青山が、台所の油よけだと言ったけど、まさにそれと似たようなものね。かなり大型で、何枚かつないであるように見える。そして、これが火事の現場の鑑識の写真」

翠は大判の写真を取り出した。

「たしかに、アルミでできた屏風のようなものの残骸が、カーペットを取り囲むように散らばっている」

刑事たちは、配られた画像のコピーを見つめ、さらに、鑑識の写真を見た。

「過去の四つの火事の共通点をもう一度思い出して」

翠が言うと、勝呂は何を今さらという顔をした。

「まず、必ず怪奇現象があった。それは、強力な電波のせいだということがわかった。そして、発火した可燃物は必ず金属に接していた……。火事は必ず、人気のない場所で起きた……」

「もう一つ大切な共通点があった。それを見落としていたのよ」

菊川が尋ねた。

「何だそれは？」

「火元は必ず、金属の壁のようなものに囲まれていた。そして、その壁には必ず凹凸があった……」

勝呂が思い出しながら言った。

「最初の小火は、中華料理店の厨房……。たしかにステンレスの流し台だのレンジフードだのに囲まれていた。次の小火は、閉店したミニクラブだ。金属の壁なんかに囲まれていないじゃないか」

「燃えだしたのは、ソファ。その周囲に金属製のテーブルが積み上げてあった。それが壁の役割を果たしたわけ」

勝呂は、怪訝そうな顔のまま続けた。

「第三の小火は、鍼灸院……。燃えだしたのは、医療器具にかぶせてあったガーゼだ。たしかに、まわりはステンレスの作業台や金属の棚だった。そして、第四の火事は風俗店。まわりには金属製のロッカーが並んでいた……」

「そう。そして、今回の火事は、このアルミ製の屏風か衝立のようなもの……」

「火事の現場では気づかなかったな……」

「誰もそんなものが重要だと思わなかったから……」

菊川が尋ねた。

「重要なのか？」

「そう。最初に気づいたのは黒崎さんなんだけど、アンダーソン局在という現象があるの」

「アンダーソン局在……」

翠は、インターネットのプリントアウトを配った。

いくつかのホームページがあったが、一番短いものは、こう説明してある。

「物質中のポテンシャルが乱れている場合、電子の固有状態がその乱れたポテンシャルにより散乱され、散乱された固有状態（散乱波）同士が互いに干渉して空間的に局在化する場合がある。これをアンダーソン局在という」

百合根は、何度もその文章を読み直したが、ちんぷんかんぷんだった。理系の文章というのは、どうしてこうわかりにくいのだろう。自然現象を文章で表現すること自体が難しいのだろうが、もう少しましな日本語で説明できるのではないかと思った。

パソコンの取扱説明書が難解なのは、たいてい理系の人が文章を書くからだといわれている。

三人の刑事たちも、難しい顔で配られた紙を睨みつけている。誰も理解できていないことがわかる。

菊川が紙の束を放り出した。

「何のことかさっぱりわからない」

勝呂と上原も苛立たしげに翠を見た。翠は説明した。

「アンダーソン局在というのは、電子の振る舞いについてのある状態を説明する言葉なの。ある物質の中で、電子がばらばらに動いているような場合、その電子同士が干渉し合う。つまり、互いに動きを弱めたり強めたりするわけ。その結果、ある場所に電子の動きが集中的に集まる場合がある。それがアンダーソン局在」

菊川がかぶりを振った。

「まだよくわからん」

「電子の動きが互いに干渉し合う場合があるということだけ、理解してくればいい。干渉し合うことによって、その振る舞いが極端に強まるところがある。そして、それは電子の動きだけでなく、電磁波でも同じことが起きるの」

「電磁波でも、同じことが起きる?」菊川が言った。「つまり、こういうことか? ある状況では、電波がぶつかり合って、弱め合ったり、強め合ったりするということか?」

「そう。でもただの干渉じゃない。電波の干渉自体は、日常的に経験できる。ラジオで、ごく近い周波数で二つの放送を受信しているとき、放送の音が強くなったり弱くなったりするでしょう。あれはフェージング現象といって、二つの電波が干渉し合っている状態なの。アンダーソン局在はそれとはちょっと違う。一つの電波がある状況で、自ら干渉し合い極端に強まることがある」

百合根は言った。

「それが、火元を囲んでいるでこぼこの金属の壁と関係あるんですね?」

「そう。電波が反射を繰り返すような環境では、アンダーソン局在が起き、場合によっては、一万倍の強さにもなることがあるそうよ」

「一万倍……」勝呂が言った。「理屈が理解できたわけじゃない。だが、現象はわかった。つまり、でこぼこの金属の壁によって、電波が強められたということだな？」

翠はうなずいた。

「そこまで理解してくれれば充分。誰かが発信した強力な高周波の電波が、金属の壁によって乱反射して、アンダーソン局在が起きた。その場合、その電磁波の中に置かれている金属が発するジュール熱は、火災を起こすのに充分なほどに高まると考えられるわ」

「しかし……」勝呂が表情を曇らせた。「本当にそんなことが起きるのかね……」

「過去に実例があるの」

「本当か？」

「一九九一年に大阪の刺繍加工工場で火事が起きた。この火事が、今回とよく似ていた。まったく人気のないところから出火しているし、火元となったのは、金属を織り込んだマットと、刺繍用のアルミニウムを使用した糸だった。工場の天井や窓、床には鉄製のメッシュが張られていたし、壁の至る所に鉄骨が張り出していた。さらに多数の機械が置かれていて、アンダーソン局在を起こす環境にあったわけ。そして、この火事に先立ち、工場内では、電子機器に異常をきたすなどの怪奇現象が頻発していたの」

「じゃあ……」上原が言った。「今回の一連の火事の原因は、そのアンダーソン局在とジュール熱、そして違法電波と判断していいんだね？」

翠はうなずいた。

「断定していいと思う」

「そいつはお手柄だぜ、結城よ」

菊川がうれしそうに言った。

「あたしの手柄なんかじゃない。気づいたのは黒崎さんよ。あたしは黒崎さんの代わりに説明しているだけ」

「何にしても、STの役目は果たしたわけだ」

菊川が言う。

「それにね」青山が言った。「犯人も明らかだよね」

勝呂が青山に言った。

「王卓蔡か？」

青山はうなずいた。

「呉孫達を殺す動機があった。それに、現場は王卓蔡の縄張りのビルの一室だった。そして、ジュール熱やアンダーソン局在の知識があり、それを応用できるだけの能力がある人物といえば、王卓蔡しかいない」

菊川が青山に尋ねた。

「過去の四件の小火は、やっぱり呉孫達との報復合戦だったのか？」

青山はかぶりを振った。

「僕はそうは思わない」

「じゃあ、どういうことだったんだ？　四件のうち、半分は呉孫達のビル、半分は王卓蔡のビルだ。王卓蔡は、自分のビルに火を付けたというのか？」

「実験だよ」

「実験……？」

「言ったでしょう。犯人はすごく好奇心が旺盛な人物だって。王卓蔡は、北京大学で物理学を学んだという自負があった。おそらく、ものすごいエリートだったんだと思うよ。自分を科学者だと思っていたかもしれない。あるいは、科学者になりたいと強く望んでいたけど、果たせなかったことにコンプレックスを持っていた」

「つまり、過去四回の小火は、科学的な興味に基づく実験だったたというわけか？」

「おそらく、最初は偶然だったんだと思う。何かの理由で違法な大出力の無線を使っていたんだろう。それが、偶然火事を引き起こした。それが二度続いた。王卓蔡はものすごく興味を持ったわけだ。そして、それを完全犯罪に利用しようとした」

「完全犯罪……？」勝呂が苦笑した。「マフィアの抗争に、そんなもの必要ないだろう」

「だから、趣味の問題なんだ。王卓蔡はそういうことをやりたがる男なんだ」青山はこたえた。「そして、彼は実は日本の警察を恐れている。中国マフィアは日本の警察を舐めているというのが一般論だけど、王卓蔡はそうじゃないんだ。たぶん、頭がいいからだろう。警察の能力を正しく評価しているんだ」

勝呂が尋ねた。

「どうして、そんなことがわかる？」

「警察に挑戦してきたからさ。恐れているから実力を知りたい。だから、完全犯罪を目論んで、警察に挑戦してきたわけ」

勝呂は、難しい顔つきになった。

「たしかに、出火の原理はわかった。そして、五件の放火や、呉孫達たち三人の殺人について、王卓蔡の容疑が濃いことは明らかだ。だが、物的証拠が一つもない。これじゃ、王卓蔡の身柄を引っ張ることすらできない」

「いいじゃない」青山は言った。「あとは、組織犯罪対策課に任せれば？　どうせ、梶尾さんはそのつもりなんでしょう？　僕たちの役割は火事の原因を突き止めることだったんだから、これでいいじゃない。僕、帰るよ」

「そりゃ、そうだが……」

勝呂の表情がますます曇る。菊川が青山に言った。

「待てよ。刑事ってのはな、そういうもんじゃないんだ。ホシを挙げなけりゃどうにもすっきりしない」

赤城が言った。

「でも、今回はホシを挙げるのが役割じゃない」

菊川は何か言い返そうとして、諦めた。悔しそうに視線を落として机上の自分の指先を見つめた。

「とにかく……」百合根は言った。「結果を組織犯罪対策課に知らせたらどうです？その上で、あちらの判断を待てば……」

勝呂はちらりと百合根を見てから言った。

「そうだね。ま、あいつらが何を言うか、だいたい想像はつくけどね……」

梶尾が部屋にやってきた。彼は不満げだった。呼び出されることが面白くないらしい。報告することがあるのなら、そっちから来いと言いたいに違いない。

前回と同じ場所に腰を下ろすと、梶尾はSTたちを見回して言った。

「それで……？　火事の原因はわかったのですか？」

「わかりました」百合根は言った。「これから、物理担当の結城が説明します」

「ご説明いたします」

翠が話しはじめると、梶尾は片方の眉を吊り上げて、意外そうな顔をした。女性が説明することが意外だったのかもしれない。警察は、いまだに強固な男性社会だ。女性を密かに蔑視している警察官は少なくない。

翠が、順を追って説明する。当然、ジュール熱やアンダーソン局在の説明もする。次第に梶尾が困惑の表情になっていく。それを見て、勝呂や菊川は気分をよくしていることだろうと、百合根は思った。

長い説明が終わると、梶尾はしばらく黙っていた。やがて、彼は咳払いをしてから言った。

「それが、つまり放火のメカニズムというわけですか？」

翠は自信に満ちた態度でうなずいた。

「そうです」

「なんだか、煙に巻かれたような気もしますね。ま、問題が火事だけにね……」

梶尾はかすかに笑みを浮かべた。自分が粋なことを言ったとでも思っているようだ。もちろん、誰も笑わなかった。梶尾はまた咳払いをした。

「それは証明できるのですか？」

「物的証拠はありません。ですが、実験で再現はできるはずです」

梶尾は考え込んだ。

翠の説明を検討しているというより、つけいる隙を探しているような目つきだ。やがて彼は言った。

「よく、わかりました。ご苦労さまでした」

気持ちがこもっていない言葉だ。

青山が言った。

「容疑者については、もう明らかでしょう？」

梶尾は青山のほうを見て言った。

「そういうことは、こちらで判断します。あなたたちの役割は、一つでも二つでも物的な証拠を見つけることじゃないですか？」

勝呂が言った。

「ガサをかければ、きっと何か見つかるさ。違法に出力を上げた無線機とか……」

「だから、それはこちらの仕事です」梶尾は立ち上がった。「ま、思ったよりSTはやってくれた。ある程度の成果を出したということで、私は評価しますよ。では……」

梶尾は部屋を出て行った。

「くそっ」ドアが閉まると、勝呂が拳でテーブルを叩いた。「一度でいいから、あいつの鼻をあかしてやりたい」

百合根は何か言葉をかけてやろうと思った。だが、何と言っていいかわからない。

ふと、黒崎が赤城に耳打ちするのが見えた。赤城は、眉をひそめてじっと聴き入っている。百合根は、その二人に言った。

「何です？　何か言い忘れたことでもあるんですか？」

黒崎は耳打ちを終えた。赤城は、考え込んでいる。百合根は、どちらかの言葉を待った。赤城が腕組みをしたまま言った。

「王卓蔡については、俺に考えがある。黒崎がそう言っている」

一同が、さっと黒崎に注目した。

14

茂太は、落ち着かない日々を過ごしていた。コンビニの袋に入った五百万円は、まだ茂太の部屋に置いてあった。この部屋にこんな大金が置いてあったことは、一度もなかった。銀行に預けることは考えなかった。手もとに置いていないと、余計に不安だった。

さらに、木島たちの一味が金を取り返しに来るのではないかと、不安におののく日々を過ごしていた。夜中に、窓の外のかすかな物音で目が覚めた。神経が張りつめているのだ。大金が部屋にあるというだけで気が安まらない。しかもその金は、まっとうに稼いだ金ではない。よけいに神経がすり減る。

金を手に入れた夜は、躁状態だった。危険な目にあい、そこからぎりぎりで抜け出したことで、気分が高揚したのだ。さらに、手もとには五百万円という大金がある。

計画に参加した五人で分ければ、一人あたり百万円にしかならない。だが、茂太にとってそれは充分な金額だった。ワンクリック詐欺で損をしたのは、二万九千円。プラス九十七万一千円だ。

金を手に入れた夜は、それぞれちりぢりになった。いっしょにいるとヤバイと一平が言ったのだ。言い出しっぺの茂太が金を預かることにした。適当なときに連絡を取り合って、金を分配するつもりだった。

携帯電話が鳴り、どきりとした。神経が過敏になっているのだ。電話は明麗からだった。

「お金、どこで分けるか？」

「ああ、連絡しようと思っていたんだ。また、俺の部屋に集まってもらおうと思っていた」

「その部屋、狭いね。暑いし、戸締まりも物騒」

「たしかにそうだけど……」

「私の部屋、どうか？」

「広いのかい？」

「そこよりは、広い」

茂太は、考えてみた。たしかに、茂太の部屋に五人集まるのは、考え物だ。打ち合わせのときのことを思い出してもうんざりする。それに、今回は、いわば計画の打ち上げだ。多少はましな場所を選ぶべきかもしれない。

「わかった。みんなと相談してみるよ。場所は？」

「中野坂上」

「じゃあ、話がまとまり次第、電話するよ」

明麗からの電話を切ると、すぐに一平にかけた。

「おう、金は無事か？」

「無事だよ。そろそろ分配しようと思う。今、明麗から電話があって、彼女の部屋に集まったらどうかと言ってくれた」

「まあ、そこよりはましかもな……」

「駒田さんに連絡をとってくれるか？　俺は響子に電話する。駒田さんから黒崎さんにも連絡をとるように言ってもらいたい」

「わかった」

電話が切れた。金を分配してしばらくすれば、きっとほとぼりもさめる。そうすれば、こんなにぴりぴりして過ごさなくてもよくなるだろう。茂太は、そんなことを思った。

王卓蔡は、宋燎伯の報告を聞いて、満足していた。

いつものとおり、王卓蔡は西麻布のマンションにおり、夜景を見下ろしていた。右手に六本木ヒルズの高層ビルが見え、それが腹立たしかった。見下ろされているようで不愉快なのだ。そして、ビルが青いライトで見事に飾られているのを見ていつもうらやましく思うのだった。

いつかは、あそこに住みたいものだ。そうすれば、もう見下ろされることもない……。

「だから、日本の警察なんて、どうということはないと言ったんだ」

宋燎伯の声が聞こえた。彼はいつものように、ウイスキーの水割りを飲んでいる。

王卓蔡は、自慢のパソコンを指さした。

「今回の計画のために、私は何度も計算を繰り返した。独自のプログラムも組んだ。準備万端だったんだよ。日本の警察が無能なわけではない。私のほうが少しだけ有能だというだけだ」

「パソコンで、計算……？」

「そう。アンダーソン局在を表すのに使うのは波動方程式だけだが、それでも実験値を出すのはなかなか面倒なのだ」

宋燎伯は、一瞬きょとんとした顔をした。

王卓蔡は笑った。どうせ、宋燎伯に理解してもらおうなどとは思っていない。彼が、あまりに予想通りの顔をしたので、おかしくなった。

宋燎伯は、機嫌を損ねたように顔をしかめて言った。

「DVDを警察に送りつけたのは、やり過ぎなんじゃないのか？」

「あのビデオ映像がなければ、私の見事な手口が理解されないじゃないか」

王卓蔡は、本気でそう思っていた。だが、宋燎伯は、冗談と理解したようだ。

「ふん、DVDがあってもなくても、日本の警察には、何も理解できないよ。理解できたとしても、何もできない。腰抜けなんだ」

「まあ、今回のことで、私もおまえの意見に少し傾いてきたかな……。今回のケースでは、ほぼ百パーセント、私の勝ちだと思う」

宋燎伯は、うなずいた。

「ところで、あの件はどうする？」

「あの件……？」

「ほら、日本人どもがあんたの名前を使って、昌亜会の息のかかったやつらから、金を巻き上げた件だ」

「ああ……。五百万円ね。私の名前も安く使われたものだ……」

「けじめはつけておかないと……」

「もちろんだ。金額の問題じゃない」

「じゃあ、その件は俺に任せてくれるか?」

王卓蔡は、ちょっと考えた。

「いや、私が直接出向いて、集金してこよう」

宋燎伯が顔をしかめた。

「たった五百万円だ。わざわざあんたが出て行く必要はない」

「金額の問題じゃないと言っただろう。日本の素人たちが、詐欺師どもから金を巻き上げたんだ。なかなか痛快じゃないか。その連中の顔を見てみたい」

「殺す気だな?」

「そうだな。冥土のみやげに私の顔を拝ませてやってもいいな」

王卓蔡は、窓に向き直り、再び六本木ヒルズのほうを眺めた。

日曜日の午後六時に、明麗のマンションの部屋に五人が集まることになった。

茂太は、電車を乗り継ぎ、中野坂上にやってきた。ＪＲ山手線で新宿まで来てそこで、響子と待ち合わせた。二人で地下鉄丸ノ内線に乗り換える。駅を出ると、近代的なビルがそそり立っていた。このあたりは、いつのまにか大きなビルが立ち並んでいる。昔は何もない交差点だった。

青梅街道と山手通りの交差点が中野坂上だ。その幹線道路から一歩裏手に入ると、そこは住宅街だ。大小のマンションやアパートが立ち並んでいる。東京の住宅街は、戸建てが少なくなりどんどん集合住宅になっていく。なんでも、相続税が払えないから、マンションやアパートにして家賃収入を得なければならないのだそうだ。

今の茂太には縁のない話だ。だが、そのうち、必ず大物役者になって都内の一等地に家を建ててやる。夢には違いない。だが、茂太は夢だけは持ちつづけようと思っていた。夢を持たなければ、叶うこともない。

交差点から明麗に電話をした。案内してもらい、探し当てたマンションは、想像していたものよりずっと豪華だった。どっしりした造りで、ライトグレーに塗られた壁は落ち着いた雰囲気だった。玄関は広く、オートロックになっている。

中国人の一人暮らしと聞いていたので、てっきり、茂太のところに毛が生えたようなアパートだと思い込んでいた。その想像自体が、ちょっと失礼だったかもしれないと、反省をした。明麗は、水商売をやっている。どんな店に勤めているのかは、知らない。だが、クラブか何かで、休まずにちゃんと働けば、それなりの収入は得られるはずだ。中国人のすべてが、国に仕送りをするために苦労して働いているわけではないのだ。

茂太と響子が部屋を訪ねると、すでに駒田と黒崎が来ていた。部屋もなかなかきれいだった。2DKのようだ。フローリングの広い部屋がある。壁際に木製のベンチが並んでおり、その上に大きなクッションがいくつも置かれていた。それほど金はかかっていないが、なかなか悪くないインテリアだと、茂太は思った。

なるほど、茂太の部屋に集まるよりはずっといい。

最後にやってきたのは、一平だった。彼は、罐ビールの六本パックを二つ抱えていた。一平と駒田はさっそく飲みはじめた。茂太もそれに加わる。

「ちょっと待って」台所で料理をしている明麗が言った。「ちゃんと乾杯してから飲みましょう」

だが、一平と駒田はお構いなしだった。茂太がすすめたが、黒崎はビールを断った。彼は明麗が出してくれたウーロン茶を少しだけ飲んだ。

明麗の手料理がテーブルに並んだ。五人はベンチに腰かけ、乾杯をした。ちょっとしたホームパーティー気分だ。大仕事を乗り切ったのだから、これくらいはしゃいだってかまわない。茂太はそう思った。一平と駒田は、早いピッチで罐ビールを空けていく。黒崎だけは、ひっそりとウーロン茶を飲んでいた。

「さて、いよいよ金の分配といくか……」

一平が言った。茂太はうなずいた。

「ここにいるのは五人。金は五百万。いろいろ言いたいことがある人もいるかもしれないが、ここは恨みっこなしで、頭割りで、一人百万円ということでいいな？」

みんな互いに顔を見合った。誰も何も言わない。

「異議なしということだな」茂太は言った。「じゃあ、分けるとするか……」

自宅から持ってきた手提げのバッグを、テーブルの上に置いた。ファスナーを開け、中に手を入れる。帯封がされている一万円札の束を取り出すと、歓声が上がった。茂太は、札束を一つ一つテーブルの上に取り出して並べていった。みんなの視線がそこに注がれる。五つの束を並べ終えたときに、チャイムの音が聞こえた。

一平がはっと明麗の顔を見た。一平が警戒するのがわかる。

「誰か来ることになっているのか？」

明麗は、何も言わずに立ち上がった。茂太は、その明麗の態度が気になった。

「待て」一平が言った。「ドアを開けるな」

だが、明麗はかまわずドアを開けた。

ドアの向こうに、精悍な男が立っていた。どこかで見たことがある。茂太はそう感じた。だが、どこで会ったのかは思い出せなかった。一平が立ち上がっていた。逃げ道を探しているようにも見える。だが、明麗の部屋は六階だった。ベランダから飛び降りることもできない。

精悍な男が部屋の中にゆっくり入ってくる。土足のままだった。明麗は何も言わなかった。さらに、若い男が二人、精悍な男に続いた。

最後に入って来たのは、小太りの四十歳くらいの男だ。ちょっとオタクっぽく見える。その男も土足だった。

茂太は、何が起きたのかわからなかった。一平だけが顔色を失っている。

明麗と最後に入って来た男が、中国語で会話を始めた。それで、ようやく茂太にも事態が呑み込めてきた。まさか、このタイミングで明麗がただの友達を招き入れるはずもない。やってきたのは、中国マフィアなのだろう。

しかし、なぜだ……。

茂太は麻痺したように働きを拒絶している頭脳を、必死に回転させようとした。

なぜ、明麗の部屋に……。

「紹介する」明麗が言った。「この人、王卓蔡。本物よ」

茂太は、唖然とした。ただの中国マフィアではなかった。王卓蔡本人がやってきたというのだ。

どうして、王卓蔡が……。必死で考える。

そういえば、王卓蔡の名前を最初に出したのは、馬明麗だった。あのときから、俺たちは、はめられていたのか……。精悍な男と、二人の若い男は、王卓蔡の手下なのだろう。一人の若い男が戸口に立った。精悍な男が、王卓蔡の脇に立つ。

王卓蔡が何か言った。それを明麗が通訳した。

「そこにある金は、私の名前を使って稼いだ金だ。彼、そう言っている」

誰も何も言わない。駒田などは、今にももどしそうな顔をしている。響子は、ベンチにへたり込んだままだ。一平は、立ち尽くしていた。

茂太は、思った。俺のせいだ。俺が詐欺師に一矢《いっし》報いようなどと言いだし、さらに王卓蔡の名を騙ろうと言ったのだ。

おろおろと仲間たちを見回した。黒崎だけが、腕組みをしてひっそりと座っている。

さらに、王卓蔡が何か言い、明麗が訳した。

「私の代わりに金を稼いでくれたというわけだ。感謝するよ。じゃあ、私の金をいただいていく」

明麗は訳し終わると、王卓蔡を見てにっこりと笑った。

二人は、親密な仲に違いなかった。都心に近い場所にある高級マンションに中国人の若い女が住んでいる。考えてみればまともではない。王卓蔡が持っているマンションの一つなのかもしれない。

金を巻き上げられる。それは仕方がないことだ。茂太は思った。やはり、ちゃんと稼いだ金でないと身に付かないものだ。

精悍な感じの男がテーブルの上の札束を集めた。彼はそのときに、黒崎のほうを見て、手を止めた。そこに黒崎がいることに、初めて気づいたといわんばかりの態度だった。

黒崎も男のほうを見ていた。精悍な男が、急に落ち着かなくなった。彼は黒崎のほうを警戒しながら、ゆっくりと最後の札束を手に取った。

王卓蔡は、手下が金をすべて回収したのを見て踵《きびす》を返した。戸口に向かって歩きだした。

このまま帰ってくれるのか……。茂太は、ほっとした。

王卓蔡が立ち止まり、何か言った。明麗がそれを訳す。

「私の代わりに仕事をしてくれたことには、感謝する。だが、私が頼んだわけではない。彼はそう言っている」

茂太は、背筋が冷たくなるのを感じた。口の中がからからに渇いていく。さらに、明麗の通訳が続いた。

「名前を勝手に使われて、黙っていては、今後の私の仕事に差し支える。悪いが理解してほしい。あなた達に会えて、うれしかった」

彼は何を言おうとしているのだろう。茂太は考えた。いったい、彼らは俺たちをどうしようというのか……。

若い二人が茂太たちに近づいてきた。彼らの手が一閃すると、いつのまにかそこに、刃渡りの長いナイフが握られていた。一平が、ひっと声を上げるのを、茂太は聞いた。

次の瞬間、大きな影が茂太の前を横切った。黒崎だった。

黒崎の手が、ナイフを持つ若い中国人に触れる。ただ触れただけに見えた。若い中国人の体がくるりと弧を描いて床に叩きつけられていた。中国語の罵声が聞こえる。

もう一人の若い中国人がナイフで黒崎に突きかかる。

刺された。茂太はそう思った。だが、倒れたのは、中国人のほうだった。床に転がる。ナイフが黒崎の手に移っていた。魔法のようだ。

最初に投げ出された中国人が勢いよく起き上がった。黒崎は、そちらに向かって無造作にナイフを投げた。ナイフは、起き上がった中国人の足元に突き刺さった。中国人は、あわてて飛び退いた。

「うおーっ」

誰かが大声を上げて、茂太は思わずそちらを見た。駒田だった。彼は、倒れている中国人に飛びかかり、なんとか押さえつけようとしている。関節技をかけようとしているようだ。

王卓蔡は戸口で立ち止まっていた。部屋の中の成り行きを興味深げに眺めている。格闘技ゲームを眺めている少年のような顔だと、茂太は思った。

精悍な男が札束の入った鞄《かばん》を明麗に預け、一歩前に出た。黒崎がそちらを見た。

そのとき、ドアが開き、大声が聞こえた。

「警察だ。抵抗をやめろ」

戸口から、私服と制服の警察官がなだれ込んでくる。それからは、部屋の中は混乱を極めた。

テーブルがひっくり返り、怒号が交差する。茂太は何が何だかわからなかった。

「全員、検挙」誰かが叫んだ。

「とにかく、全員検挙だ」

茂太も抵抗した。明麗のわめき声が聞こえた。響子の悲鳴も聞こえた。

いつのまにか、茂太は制服を着た警官に押さえつけられていた。ふと、出入り口のほうを見た。

精悍な中国人が、戸口から逃げていくのを見た。

15

宋燎伯は、とにかく部屋を飛び出していた。

警察が突入してきた。

いったい、これはどうしたことだ。

彼は混乱していた。とにかく、抵抗を試みようとした。しかし、相手が多すぎた。

相手は警察なのだから、拳銃を持っているかもしれない。

混乱の中、王卓蔡に手錠がかけられるのを見た。その瞬間に、逃げることを決意した。部屋を飛び出したとき、誰かが追ってくるのを感じていた。振り向かず、階段を駆け下りる。玄関を出ると、夜の路地を駆け抜けた。足音が聞こえる。たしかに誰かが追ってくる。

路地の角を曲がったところで、宋燎伯は立ち止まった。息が切れている。何度も深呼吸して、息を整えた。

路地の角から、巨漢が現れた。

やはり追ってきたのは、こいつか。

間違いない。歌舞伎町の路地ですれ違ったやつだ。やつが、あの部屋にいたのも何かの縁だ。宋燎伯はそう感じた。

男も立ち止まった。長い髪を後ろで束ねている。

いったいこいつは何者だろう。この威圧感は、尋常ではない。裏の世界を生きてきた宋燎伯でさえ、緊張を強いられる。

まあ、誰でもいい。

こいつを倒さぬ限り、逃げられない。

宋燎伯は構えた。実際の喧嘩のときは、滅多に構えない。不意をついたほうが勝ちだ。だが、こいつにはそれは通用しないだろう。

宋燎伯は、じりじりと間合いを詰めた。

相手は動かない。ひっそりと立っているだけだ。

この宋燎伯様に、余裕の態度とは……。宋燎伯は、笑ってみせた。笑うことで、優位に立とうとした。だが、相手の表情は変わらない。宋燎伯を見ている。だが、同時に何も見ていないように感じる。それが不気味だ。

ふざけやがって……。

道場でも街中でも、この宋燎伯様の連続攻撃をかわせた者は一人もいないんだ。

宋燎伯は、挑発するように両手をひらひらと動かした。それでも、相手は動かない。

ぐずぐずしていられない。一気に決める。

宋燎伯は、右の拳から打ち込んだ。すぐさま左を出し、さらに右で追い討ちをかける。大きく踏み込みながら、一呼吸で、三連打を打ち込んだのだ。

だが、その攻撃は、すべて空を切った。

拳が届かなかった。

なに……。

宋燎伯は、さらに、踏み込んで左右の連打を出した。

それも届かなかった。

なぜだ……。

嫌な汗をかいていた。

ふいに宋燎伯は悟った。やつは、動いていなかったわけではない。動かないように見えていただけだ。見えないくらいわずかに、足を動かしながら、間合いをはかっていた。

宋燎伯は、ゆっくりと左手を前に掲げた。

その意図を察したように、相手も左手を出してくる。

二人とも慎重に手を伸ばしていく。互いにいつ相手の攻撃が来ても対処できるように警戒している。

やがて、二人の左手は触れ合うほどの距離になった。びりびりとした緊張を感じる。

そして、二人の左手首が交差した。手首が触れ合う。

真綿のように柔らかい力を感じた。

その瞬間に、宋燎伯は悟った。

こいつにはかなわない。

手首を交差させたままで、宋燎伯は言った。日本語だった。

「おまえ、強いな……」

相手は言った。

「強い」

宋燎伯は、左手を引き、全身の力を抜いた。相手も構えを解いた。

何人かの人間が駆けてくる足音が聞こえる。警察官たちだ。宋燎伯は、すでに抵抗する気力を失っていた。

やがて、彼は警察官たちに取り押さえられ、手錠をかけられた。後ろで髪を束ねた男は、離れた場所からひっそりとその様子を見ていた。

その男と目があった。

宋燎伯は、笑いがこみ上げてくるのを感じた。自分でも不思議だが、笑い出さずにはいられなかった。

俺はうれしいのか……。

宋燎伯は、警察官に引き立てられながら、そんなことを思っていた。


新宿署に連行された茂太は、菊川と名乗る刑事に事の顛末《てんまつ》を洗いざらいしゃべっていた。言い逃れするつもりはもうなかった。結局、悪いことをするとこういうことになる。犯罪は割に合わない。つくづくそう思った。命が助かっただけでも、神に感謝すべきだ。

これからどうなるのだろう。警察に捕まったことなどないから、まったくわからない。他の仲間とまったく会わせてもらえないのが不安だった。

茂太から話を聞いていた菊川という刑事が言った。

「つまり、馬明麗が王卓蔡の愛人の一人だということを、まったく知らなかったわけか？」

「知りませんでした」

刑事は笑いだした。

「つまり、あんたらはまんまとはめられたわけだ」

「そうですね。馬明麗にはめられたわけです」

刑事はかぶりを振った。

「そうじゃないよ。あんたたちは、黒崎にはめられたんだ」茂太は、ぽかんと刑事を見つめた。頑固そうな刑事は、さらに言った。「黒崎は、馬明麗をも利用した」

どういうことかまったくわからない。

「あの……、ひょっとして、黒崎さんをご存じなんですか？」

「知ってるよ。俺はあいつといっしょに働いているんだ」

「え……？」

「本当に何も知らないんだな。黒崎は警視庁の職員だ」

「あ……」

茂太は、そう言うしかなかった。都の職員という言葉に嘘はなかった。だが、ちょっと特殊な公務員だったわけだ。

「他の連中からも話を聞き終わる頃だ。帰っていいよ」

刑事が言った。茂太は、一瞬、何を言われたかわからなかった。

「帰っていいって、どういうことです？」

「そのまんまの意味だよ」

「僕たち、逮捕されたんでしょう？」

「あの場では、検挙するしかなかった。誰が中国マフィアかわからなかったからな」

「でも、詐欺グループから金を巻き上げた件は……？」

「いたずらもほどほどにしておくんだな。次は引っ張るぞ」

茂太は、全身からへなへなと力が抜けていくのを感じた。


持ち物をすべて返してもらって、新宿署の外に出た。茂太は、すぐに響子に電話をかけてみた。響子はすぐに出た。

「ほんと、びっくりした。捕まっちゃうかと思った」

「どこにいるんだ？」

「警察署のすぐ近く」

「俺もいま、警察署を出たところだ」

「おなかすかない？」

言われて気づいた。

「腹へったな。何か食うか」

急速に日常が戻ってきた。

貧しくても、苦しくても日常がいい。そんなことを思った。響子と待ち合わせ場所を決めてから、一平に電話してみた。

一平もすぐに出た。

「おう。今、駒田さんといっしょに『アマルコルド』にいるんだ。おまえも来ないか？」

一平は、妙にはしゃいでいる。先日と同様に気分が高揚しているのかもしれない。

「響子と飯食ってから合流するよ。俺、逮捕されるかと思った……」

「それより、王卓蔡にはビビったぜ。警察にとっちゃ大捕物だ。俺たちなんて、どうでもいいのさ。いや、結果的に俺たちは警察に協力したことになるんだ」

「黒崎さんのこと、聞いたか？」

「ああ。びっくりしたな。やっぱ、警察にゃかなわねえよな。早く来いよ」

電話が切れた。

待ち合わせ場所に立っている響子の姿が見えてきた。

なかった。

16

コンクリートの打ちっ放しの壁に床。灰色の小さな部屋には、机しかない。窓すらなかった。

宋燎伯の前には、刑事が二人おり、その背後には、パソコンに向かった記録係が一人いた。中国語の通訳もいる。

刑事たちが質問を始めた。名前や年齢、国籍、現住所、職業などを訊いてくる。宋燎伯はこたえるのが面倒なので黙っていた。宋燎伯は、あの男のことを思い出していた。長い髪を頭の後ろで束ねていた巨漢だ。手首を合わせたときの感触は今でも覚えている。

ごつごつとした感じがするやつはたいしたことはない。固い力は御《ぎょ》することができる。だが、あの男は違った。すべてを包み込むような大きな力を感じた。こちらの力をすべて奪われてしまいそうだった。

あんな相手は初めてだった。頭ではなく体で理解した。とてもかなわないと……。

なるほど、王卓蔡が言っていたこともあながち間違いではなかったということだ。

日本の警察は腰抜けだと思っていた。彼らは、せっかく持っている拳銃を滅多に撃とうとはしない。犯罪者に対する刑罰も軽い。だが、日本の警察にはあんな男もいたのだ。とてつもない力を隠しているというわけだ。

さて、俺はこれからどうなるのだろう。

刑事の説明を通訳が伝えた。王卓蔡と宋燎伯、そして二人の手下は、恐喝の罪で逮捕されたのだという。二人の手下は、銃刀法違反の罪も加えられた。

宋燎伯は、叩けばいくらでも埃《ほこり》が出る。彼が数々の抗争事件に関わっていたことを、当然警察は知っているだろう。不法滞在でもある。

これまで、宋燎伯は、日本の警察に捕まることなど恐れてはいなかった。だが、それは間違いだったことに気づいた。あんな男がいるのだ。日本の警察は牙《きば》を隠しているのだ。そう思った。追及は厳しいだろう。ならば、少しでも罪を軽くすることを考えなければならない。宋燎伯は、したたかな計算を始めていた。

黙秘は得策ではない。日本の警察は取引をしないと聞いている。だが、協力的な態度をとれば情状酌《しやくりよう》量の余地もあるだろう。宋燎伯は、自分の不利にならない限り、質問にこたえることにした。

百合根と勝呂が宋燎伯の取り調べを担当した。上原が記録係だ。

王卓蔡と宋燎伯の身柄を確保したことは、当然、組織犯罪対策課の耳に入っているだろう。まだ、何も言ってこない。だが、それも時間の問題だと、百合根は思った。

何を訊いてもこたえようとしなかった宋燎伯が突然しゃべりはじめたので、百合根は、おや、と思った。

宋燎伯は、名前、年齢、国籍、住所、職業を早口で述べた。年齢は三十三歳。現住所は、新宿区百人町。職業は、警備関係者だと言った。勝呂が、内藤茂太らに対する恐喝の事実を確認し、それを通訳が伝えると、宋燎伯はこたえた。通訳がそれを、勝呂と百合根に伝える。

「彼らは、王卓蔡の名前を使って金を稼いだ。つまり、それは王卓蔡の金ということだ。だから、それを取りに行っただけだ」

勝呂が尋ねる。

「つまり、彼らから金を強奪しようとしたことを認めるんだね？」

宋燎伯は、しばらく考えていた。やがて、うなずいた。

「そういう事実はあった」

百合根は、宋燎伯があっさりと認めたので、少々驚いていた。

「だが……」と、通訳の言葉が続いた。「私は、王卓蔡についていっただけだ」

百合根は、なるほどと思った。宋燎伯は、自分の身を守ろうとしているのだ。したたかに生き延びようとしている。

勝呂は、世間話をするような口調になった。

「さて、我々は、歌舞伎町で起きた一連の火事のことを調べている。これから、それについて質問するので、知っていることがあったら話してもらいたい」

通訳がそれを伝えると、宋燎伯は警戒に満ちた表情になった。

勝呂が質問を続ける。

「立て続けに五件の火事があったのは知っているね?」

「知っている」

「五件目の火事では、現場から呉孫達と二人の手下の死体が発見された。それについて、何か知っていることはあるかね?」

「王卓蔡は、呉孫達と話し合いをしようとしていた」俄然、通訳が忙しくなった。「二回目の会談は、呉孫達の縄張りでやった。そして、二回目の会談を、王卓蔡の側でやった。その会談は、うまくいかなかった。呉孫達は、王卓蔡を最初から眼の仇にしていた。それで……」

「おまえたちが、呉孫達を殺したのか?」

「そうは言っていない。たしかに諍《いさか》いがあって、呉孫達に頭を冷やしてもらおうと、ある部屋に閉じこめていた。そうしたら……」

「その部屋が火事になったというわけか?」

「そういうことだ」

通訳を挟んでいるので、会話がもどかしい。百合根は、宋燎伯の言い分について考えた。送られてきたDVDの映像と宋燎伯の証言に矛盾はない。宋燎伯は、呉孫達たちをあの部屋に軟禁しただけだと言っているのだ。たしかに、DVDの映像には、呉孫達たち被害者の他には誰も映っていない。

百合根は質問した。

「四件の火事がどうして起きたか知っていますか?」

宋燎伯は怪訝そうな顔をした。

「私が知るはずはない」

「どういうからくりで火事が起きたか、知らないのですか?」

「知らない。私は火事には関係ない。はっきりと言っておく」

「では、質問を変えます。火事が起きたあたりは、あなたたちの縄張りですか?」

「私たちのビルもあれば、そうでないビルもある」

「あのあたりで、無線機を使ったことはありませんか？」

宋燎伯は眉をひそめた。彼は、通訳に何かを確かめた。百合根の質問を繰り返させたのだろう。

「たしかに、無線機を使ったことはあるが、それがどうした……？」

「それは、違法な改造で出力を強めた無線ですね？」

宋燎伯は顔をしかめた。

「違法かどうかわからない。無線に関する日本の法律なんて知らない。私は、王卓蔡に与えられた機械を使っただけだ」

「どこでどうやって使ったのですか？」

「区役所通りに駐車した車から電波を発信した。手下がトランシーバーを持って、どのあたりまで電波が届くか試していた」

「そうしたら、火事が起きたわけですね？」

その百合根の質問を通訳が伝えると、宋燎伯は落ち着きをなくしはじめた。

「さあ、どうだったかな……。覚えていない」

「最初はたしかに、無線機のテストだったのかもしれない。でも、そのたびに火事が起きて、あなたは無線と火事の関係を知った。違いますか？」

「知らない。私は、王卓蔡に言われたとおりにやっただけだ」

「無線と火事の関係は知らなかったのですね？」

「知るはずがない」

宋燎伯はきっぱりと言った。

百合根は、うなずいた。質問を終了するつもりだった。宋燎伯が付け加えるように言った。

「私は知らない。だが、王卓蔡は知っていたはずだ」


宋燎伯を留置場に戻すと、入れ替わりで、王卓蔡を取調室に連れてきた。

宋燎伯のときと同様に、勝呂と百合根が取り調べをし、上原が記録を取る。

王卓蔡は、とても大物には見えなかった。小太りのオタクという感じだ。特徴的なのはその眼だった。好奇心むきだしだ。いつも何か面白いものを見つけようとしている子供のような眼だ。

百合根は、青山の分析が正しかったことを感じ取っていた。

勝呂は、宋燎伯のときと同様に、恐喝についての犯罪事実を確認した。

王卓蔡は、とてもつまらないことを質問されたというような態度で、あっさりと認めた。通訳を通して彼は言った。

「彼らは、私の名前を使った。私の名前で金を稼ぐことができた。つまり、彼らは私の代わりに金を稼いだに過ぎない。それを取りに行っただけだ」

「あなたの手下たちは、刃渡りが三十センチにも及ぶナイフを持っていた。ただの商談とは思えませんね」

勝呂の言葉を通訳が伝えると、王卓蔡はつまらなそうに笑った。

「あれが私のやり方だ」

勝呂が、宋燎伯のときと同様に、火事の話を切り出した。

たちまち、王卓蔡は眼を輝かせた。子供のように無邪気そうな顔になる。彼は、人を殺すときもこんな顔をしているのかもしれない。そう思うと、百合根はぞっとした。

「五件目の火事の現場から、呉孫達と二人の手下の焼死体が発見された。それについて、何か知っているかね？」

「不幸な事故だ」王卓蔡はうれしそうに言った。「実に不幸な事故だ」

「呉孫達と話し合いをしていたそうだね？」

「私は、呉孫達を尊敬していたからね。商売上の分担がうまくいけばいいと思っていた」

「だが、その話し合いはうまくいかなかったようだね？」

「そう。何事もうまく運ぶわけではないからね」

「会談が決裂したということか？」

「決裂というより、呉孫達が話を聞こうとしなかった」

「話し合いがうまくいかず、あんたはどうしたんだ？」

「自宅に帰ったよ。西麻布のマンションだ。新宿はあまり好きな街じゃないんでね」

「呉孫達たちを軟禁したんじゃないのか？」

「私は知らない。後のことは、宋燎伯に任せたからね」

勝呂は腕を組んで溜め息をついた。それから、百合根のほうを見る。あとは任せるという意味に取れた。

百合根は質問した。

「宋燎伯に命じて、無線のテストをしていたそうですね？」

王卓蔡は、新たなおもちゃを見つけたように眼を輝かせた。

「それがどうかしたかね？」

「違法に出力を強めた無線機を使いましたね？」

「違法かどうか、法律を確かめたことはない。ブースターは秋葉原に行けばいくらでも売っている」

「なぜ、無線のテストなどやったのですか？」

「仕事上、便利だからね。携帯は電波が弱すぎて、たとえばビルの中とか地下では使えないことが多い。だから、警察も通常は無線を使っているのだろう。私たちの仕事は、情報のスピードが勝負だ。歌舞伎町でタクシーや警察のように無線のネットワークを構築できれば、とても便利だからね」

「無線のテストをしているときに、小火が起きた。最初は偶然だったかもしれませんが、そのうちに、あなたは意図して火事を起こすために無線を使用した。違いますか？」

王卓蔡の眼がますます輝いてきた。

「ほう。どうしてそんなことを考えるのだ？　無線で火事が起きるのなら、タクシーも警察もあぶなくて無線を使えないじゃないか」

百合根は、勝呂に耳打ちして、翠を呼んでいいかと尋ねた。勝呂はうなずいて上原に言った。

「STの結城さんを呼んでこい」

上原はすぐさま立ち上がって、取調室を出て行った。

いつもと変わらず黒のタンクトップに白いミニスカートという露出過剰気味の翠を見ても、王卓蔡は表情を変えなかった。女性にはあまり興味がないのかもしれない。

百合根は言った。

「警視庁には、科学特捜班というものがあります。彼女はそのメンバーで物理担当です。彼女がこれから、火事と無線機の関係について説明します」

翠が説明を始めた。

五つの火事の共通点、つまり、可燃性の素材が金属と接している部分から出火していること、出火した場所がでこぼこした金属の壁に囲まれていたこと、火事に先立って強い電波によると思われる電子機器の障害が発生していることなどをまず説明する。

とたんに、王卓蔡は興味深そうな顔になった。

翠の説明が続いた。

「四件の火災は、無人の場所で出火しています。残る一件は無人ではありませんでしたが、現場にいた人はみな意識を失っており、なおかつ誰も触れていない場所から出火するところが映像に残されていました」

　王卓蔡は、身を乗り出して言った。

「それで、警察は、その謎を解いたのか？」

「ジュール熱とアンダーソン局在」

　翠が言うと、王卓蔡は、にっと笑みを浮かべた。

「詳しく説明してくれ」

　翠は話しはじめた。専門的な言葉を交え、詳しく火事が起きるメカニズムを述べた。通訳は苦労し、何度か聞き返さねばならなかった。

　王卓蔡はじっと聴き入っていた。翠が説明を終えると、しばらく好奇心に満ちた眼を翠に向けていたが、やがて、言った。

「だから日本の警察は、あなどれないと思っていたんだ」

　まるで他人事のような口調だった。自分の立場をちゃんと認識していないのかもしれない。それとも、起訴はされないという自信があるのだろうか。

　百合根は言った。

「あなたは、無線のテスト中に必ず火事が起きることに気づいた。それを偶然とは思わなかった。そして、ジュール熱とアンダーソン局在に気づいたのです。それを応用して呉孫達を抹殺することを考えた」

王卓蔡は顔をしかめて首を何度も横に振った。

「呉を消すのに、そんな手間を掛ける必要はない。拳銃でドン。それで終わりだ」

「普通のマフィアならそう考えるでしょう。だが、あなたは違った」

「私はどう違うというのだ？」

「あなたは、警察に挑戦したかった。おそらくずっとそのチャンスをうかがっていたのでしょう。無線のテストの際に火事が起きたこと、そして、呉孫達と話し合いを持つこと。その二つを利用して、あなたは、警察に挑戦する計画を立てた。そう。あなたにとっては、呉孫達を抹殺することより、警察に挑戦することのほうが重要だったんです」

王卓蔡は、子供のように笑いながら言った。

「面白い推理だがね、あくまでも推理に過ぎない。証拠は何もない。そうだろう。どうやって裁判をやる？」

「無線のテストをしたのは確かなのでしょう？」

王卓蔡は声を上げて笑った。

「さっきも言っただろう。無線を使って火事が起きるのなら、タクシーも警察も危なくて無線なんか使えない」

「タクシー無線の出力は、五から十ワット」翠が言った。「火事のときは、その数倍の出力の高周波が発せられました」

通訳がそれを伝えると、王卓蔡は、翠を指さした。

「それも、推測に過ぎないじゃないか」

「ところが、推測じゃないんです」

王卓蔡は、一瞬にして笑いを消し去り、怪訝そうな顔になった。くるくると表情が変わる男だと、百合根は思った。

「推測じゃない？　それはどういうことだ？」

王卓蔡が尋ねると、翠に代わって勝呂が言った。

「身柄を確保したらガサイレをする。当然のことじゃないか」

通訳が戸惑ったように勝呂のほうを見た。理解できない言葉があったらしい。勝呂は言い直した。

「捕まえたら、家宅捜索といって、住居や仕事場を捜索する。そして、必要なものを押収するんだ」

通訳がそれを伝えると、王卓蔡は、かぶりを振った。

「私の自宅を探したって、何も見つかるはずはない」

翠が言った。

「宋燎伯らが使用している事務所の駐車場から無線機を搭載したバンが見つかりました。その無線機を分析したところ、出力が五十ワットもあることがわかりました。これは、航空無線の二十ワットをはるかに上回る強力な出力です」

王卓蔡は、薄笑いを浮かべている。

「まあ、それが違法だというのなら仕方がない。罰則はどれくらいなんだね?」

勝呂が言った。

「電波法で罰するつもりはない。あんたは、あくまで、放火と殺人で起訴されるんだ」

「それは不可能だろう。無線を使って火事を起こすだって? 検事がそんなことを信じると思うか?」

「信じるさ。俺たちだって信じたんだ」

「だが、公判を維持することはできない。そうだろう?」

翠が言った。

「あなたの部屋からパソコンを押収しました」

すると、王卓蔡は初めて顔色を変えた。

「あれは、私の傑作だ。万が一壊しでもしたら、弁償だけでは済まないぞ」

大切なおもちゃを勝手にいじくられたくないのだろう。翠はかまわずに続けた。

「あなたは防犯ビデオで、五つ目の出火の瞬間を撮影しました」

「何のことかわからないな。そのビデオテープでも、部屋から発見されたかね？」

翠はかぶりを振った。

「いいえ。それは処分されたのでしょう」

「最初からそんなものは持っていない。言いがかりだ」

「ビデオからDVDにダビングをするのに、あなたは、パソコンを使ったはずです。一度ハードディスクに取り込み、コーディングをしてからDVDに書き込んだのです」

「それも推測だ」

「違います。あなたのハードディスクから、あの映像が見つかったのです」

王卓蔡が鼻で笑った。

「嘘を言うな。そんなものが出てくるはずがない」

「そう。あなたは、ハードディスクから映像ファイルを削除していました。しかし、ご存じのことと思いますが、ただ削除しただけではファイルは完全には消えないのです。ファイルを表示したり開いたりするための記述が消去されるだけなのです。ハードディスクから削除されたデータを再現することは可能なのです。警察はそこまではしないと、あなたは高をくくったのでしょう」

王卓蔡は、じっと翠を見据えた。

「その捜査はやり過ぎなんじゃないのか？　人が消したデータを再現するなど……」

勝呂が言った。

「それは、解釈の問題だ。不服があるなら、裁判で発言すればいい」

勝呂は、懐から逮捕状を取り出した。恐喝の逮捕状ではなく、放火並びに殺人の逮捕状だ。

「現在、午後十一時四十五分。逮捕状を執行します」

王卓蔡は、ぽかんと口を開けて通訳が勝呂の言葉を伝えるのを聞いていた。しばらくして、王卓蔡は、悔しそうにつぶやいた。それを、通訳が伝えた。

「科学特捜班だと……？　やはり、日本の警察はあなどれない……」

百合根たちが取調室を出ると、廊下の向こうから組織犯罪対策課の梶尾が猛然と近づいてくるのが見えた。

これから一悶着起きる。百合根はうんざりした気分だったが、勝呂は平気そうだった。むしろ、嬉しそうな顔をしている。

「組対もこんな時間まで働いているのか。仕事熱心だな」

勝呂が先に声をかけた。

「どういうことだ？」

梶尾が大声で言った。勝呂がこたえた。

「何のことだ？」

「しらばっくれるな。王卓蔡と宋燎伯を逮捕したな？　いったいどういうつもりだ？」

「俺たちは、仕事をしただけだ。あの二人は恐喝の現行犯で逮捕された。取り調べの過程で放火並びに殺人の容疑が濃いことが判明し、そちらの件でも逮捕状を請求した。強行犯係の仕事だ」

梶尾は噛みつかんばかりの表情で言った。

「我々がどれほどの苦労をして、王卓蔡の組織の内偵を続けてきたと思っているんだ。勝手に検挙などされたら、ぶち壊しだぞ」

　勝呂が言った。

「なんだ、言っていることが矛盾しているな。別件逮捕でも何でもすると言っていたじゃないか」

「容疑が固まったらの話だ」

「充分固まったと判断したから逮捕したんだ」

「王卓蔡くらいの大物になると、優秀な弁護士を雇うぞ。少しでも隙を見せたら終わりだ」

「そんなことはわかっている」

「わかっているのなら、もっと慎重にやったらどうだ?」

「これが強行犯係のやり方だ。口を出すなよ。あんた、王卓蔡の身柄を横取りされたような気分なんだろ? だから、そんなに腹を立てているんだ」

「そんな単純な話じゃない」

「いや。単純だね。組対の獲物を強行犯係が横取りしたと思ってるんだ。いや、俺たちに先を越されたのが悔しいのか?」

　いつしか、遠巻きに人が集まっていた。警察の職員たちが、離れたところから二人の声高なやり取りを見守っている。百合根も二人を止める気はなかった。勝呂に言いたいだけ言わせてやりたかったのだ。

「話にならん」梶尾は言った。「刑事課長に抗議するから、そのつもりでいろ」

「身柄がほしいんだろう？」

勝呂がそう言うと、梶尾は虚を衝かれたようにきょとんとした。

「何だって？」

「王卓蔡や宋燎伯たちの身柄だ。欲しけりゃくれてやるよ」

「それは……」梶尾が慎重な口調になった。「つまり、彼らの身柄を、組対に預けるということか？」

「身柄だけじゃない。調書や録取書、疎明資料一切合切つけてくれてやる」

梶尾は、急にどうしていいのかわからないような顔になった。怒鳴り散らしたことを恥じているようだ。

「いや、そういうことなら……」

「俺たちの仕事は終わった。後はあんたらに任せる。ミソを付けるなよ」

勝呂は、そう言い残すと、梶尾を置いてさっさと歩きだした。

百合根はその後を追った。上原と翠もいっしょだった。

「歌舞伎町・連続火災担当」の小部屋に戻ると、STの残りのメンバーと菊川がいた。菊川が尋ねた。

「取り調べのほうはどうだった?」

勝呂がこたえた。

「証拠を突きつけてやったよ。もう言い逃れはできない」

「落ちたも同然だな」

「組対に熨斗《のし》つけてくれてやったよ」

「何だって?」

菊川が声を上げた。

勝呂は、大きく息を吸った。

「ああ、いい気分だった」

百合根が補足した。

「勝呂さん、梶尾さん相手に啖呵《たんか》を切ったんですよ」

菊川が笑い出した。

「俺もその場にいたかったな」

「ねえ、もう日付が変わるよ」青山が言った。「僕、帰ってもいい?」

17

STが普段詰めている、警視庁科学捜査研究所の一室は、「ST」室と呼ばれている。

新宿署の不審火の件が終了し、百合根たちにまた日常が戻ってきていた。

いつものように、青山は机の上を散らかすことに精を出し、翠はノイズキャンセラー機能がついたヘッドホンをかけている。赤城は、医学関係の雑誌を斜め読みしている。黒崎はパソコンに向かって黙々と何かやっており、山吹だけが百合根の話し相手になってくれていた。

やがて、終業の時間となり、真っ先に青山が帰宅した。その次に出て行ったのは黒崎だった。翠も帰宅した。

赤城は、まだ雑誌を眺めていた。山吹はいつも、百合根の様子を見て帰り支度を始めるのだ。百合根をちゃんと上司扱いしてくれるのは、山吹だけというわけだ。

百合根は山吹に言った。

「しかし、黒崎さんには驚きましたね。あんな連中と付き合いがあったなんて……。しかもその中に王卓蔡の愛人の一人がいたんですよ……。すごい偶然ですよね」

「黒崎さんは、あれでなかなか付き合いが広いんですよ」

「本当に偶然だと思っているのか、キャップ」

赤城の声がして、百合根は顔を向けた。

「え……？」

赤城は雑誌をめくりながら言う。

「黒崎があの役者グループに近づいたのが、本当に偶然だと思っているのか？」

「そうじゃないんですか？」

「あいつほど、事前に物事を調査するやつはいない。それは臆病なほどだ。兵法家の習慣なのかな……」

「つまり、すべて心得た上で、あの役者たちのグループに近づいたというわけですか？　まさか……」

「声をかけられたときに、他にどんな連中がいるか徹底的に調べたんだ。まあ、詐欺がらみの話だから、黒崎もいつも以上に用心したんだろう」

「それはわかりますが……」

「一方、黒崎は、王卓蔡の資料も漁っていた。組対やかつての捜査四課にあった資料だ。公安の資料も調べられる限りは調べたようだ」

かわかるか?」

「それが黒崎という男なんだ。あいつがどうして、多くの化学薬品を嗅ぎ分けられる

「鼻がいいからでしょう?」

「もちろんそうだが、それだけじゃない。嗅覚というのは記憶と深く関わっている。黒崎は、人一倍努力をする男だ。仕事でも手を抜かない。その結果、誰よりも長時間、誰よりも多くの種類の化学物質と接したわけだ。その記憶が彼の嗅覚をサポートしているんだ」

「人間ガスクロ」と呼ばれるようになるには、そういう努力があったというわけだ。考えてみれば当然だ。嗅覚が鋭くて臭いを嗅ぎ分けたとしても、それが何の臭いか知らなければ言い当てることはできない。ただの才能だと思い込んでいた百合根は、赤城の話を聞いて黒崎に申し訳ないような気分になった。

赤城はさらに言った。

「組対が持っていた王卓萘の資料の中に、馬明麗の名前があったそうだ。組対はすでにマークしていたらしい。そして、役者グループから声をかけられたときに、黒崎はその名前を聞いた。その瞬間に、黒崎の中で戦略が出来上がったんだ」

百合根は考えながら言った。

「つまり、馬明麗が、役者たちを利用することを読んでいた……。そして、さらにそれを利用しようと考えたわけですね」

「王卓蔡の愛人だからな。当然、何か仕掛けてくると考えただろう。もし、何もしなかったら、黒崎が王卓蔡の名前を出して、彼を引っ張り出すような画策をしたに違いない。だが、馬明麗は、まんまと黒崎の読みどおりに、王卓蔡の名前を利用して金をせしめようと言いだしたわけだ。その時点で、馬明麗の思惑は明らかだった」

「なるほど」山吹が言った。「物言わぬ黒崎さんだからこそ、他人の動きを正確に見て取ることができるんですな」

付き合えば付き合うほど、驚くことばかりだ。

百合根は、STのメンバーについてそう思った。そして、その班を率いていることを少しだけ誇らしく思った。

茂太はアルバイト帰りに、『アマルコルド』に寄った。一平と駒田がそこで飲んでいることを知っていた。

今日はアルバイトの給料日だ。外で一杯やるくらいの贅沢は許される。

茂太が入っていくと、一平と駒田がカウンターから顔を向けた。

「よお、待ってたぞ」

一平が言った。

茂太は、カウンターに座ると、まずビールを注文した。普段は割高なビールは注文しない。だが、今日くらいはいいだろう。

乾杯をかわすと、一平が言った。

「木島俊一が捕まったの、知ってるか？」

茂太は驚いた。

「本当か？」

「ああ。今日の夕刊に小さく載っていた。あいつも、金を取られたり捕まったりで、踏んだり蹴ったりだよな」

「年貢の納め時だったんだろう」

「あの金は昌亜会への上納金か何かだったのかもしれない」一平が言った。「昌亜会に追われるより、警察に捕まったほうがましだと考えたのかもしれない」

茂太はうなずいた。

「ありうるな」

今回のことで、世の中の裏事情というものが、少しだけわかったような気がする。

「まったく、おまえのせいでひどい目にあったよ」

「まんざらでもなかったという口調で、そういうことを言うなよ」

「けど、なんだか、夢の中の出来事だったみたいな気がするな……」

「そうなんだよ」駒田が言った。「ついこないだの話なんだけど、ずっと昔の出来事だったような気がする」

一平が言った。

「駒田さんが黒崎さんを連れてきてくれなかったら、今ごろ、俺たち王卓蔡に殺されていたかもしれないな」

そうかもしれない、と茂太は思った。だが、その実感がない。もしかしたら、殺されるときというのは、実感がないまま死んでしまうのかもしれない。

「しかしな……」駒田が言った。「黒崎が警察官だったとは俺も知らなかった」

「警察官じゃないらしいよ」一平が言う。「俺、取り調べのとき、刑事に黒崎さんのこと訊いたんだ。なんでも、研究専門の職員なんだそうだ」

「無口な人だよな」

茂太が言うと、二人はうなずいた。

「でも、存在感、あるよな」

一平が言った。

「ああ」茂太はこたえた。「一流の役者でも、なかなか、ああはいかない」

店のドアが開く音がした。

テレビを眺めていたマスターが顔を上げて「いらっしゃい」と言う。

茂太は戸口を見て驚いた。

「黒崎さん……」

その声に、一平と駒田も出入り口を見た。一平が言う。

「へえ、噂をすれば何とやら、というのは本当なんだな」

黒崎は、三人に会釈をしてからカウンターに向かって座った。ビールを注文する。

「その節はお世話になりました」

茂太が言った。

黒崎はかすかにうなずいただけだった。

「でも、どうしてここへ……？」

黒崎は、ぐいっとビールをあおった。

まあ、どうせ言葉は返ってこないに違いないと思った。だが、そのとき意外にも、黒崎は、茂太に向かってはっきりと言った。
「この店が気に入った」
茂太はうなずいた。
どうということのない一言だ。
だが、なぜか黒崎が言うと、とても重要なことのように思えた。
今夜は酒が進みそうな気がした。

解説――「おまえ、強いな……」

村上貴史

■第二期完結編

今野敏が《STシリーズ》を『ST　警視庁科学特捜班』によって始めたのは一九九八年のことであった。一九七八年にデビューし、数々のシリーズ作品を書いてきた今野敏が、デビュー二〇年目に開始した記念すべきシリーズということになる。

その《STシリーズ》は、初期三部作が二〇〇〇年までに刊行された後で一旦小休止し、二〇〇三年から「STのメンバーにちなんだ色＋調査ファイル」というタイトルで再度スタートした。その第二期の五冊目であり、第二期の完結編となるシリーズ通算八冊目の作品が、二〇〇五年に刊行された『ST　黒の調査ファイル』である。本書はその作品を文庫化したものだ。

青山翔、赤城左門、山吹才蔵、結城翠、黒崎勇治。警視庁科学捜査研究所に所属す

るこの五人の専門家と、それを統率する役割を担ったキャリア組の百合根警部。彼等ST——Scientific Task Force（科学特捜班）の特徴は、個性豊かな五人のそれぞれが、とにかく抜群に優れた専門性を備えており、それをチームとして活かすことで難事件を解決していくところにある。とことん美形の青山翔は筆跡鑑定と心理分析を担当し、本人は否定するものの抜群のリーダーシップを誇る赤城左門は医師免許を持っており法医学を担当している。実家が寺で僧籍を持つ山吹才蔵は化学が担当だ。同じく化学を担当する武術の達人黒崎勇治と、露出過多の服装を好む物理担当の結城翠の二人は、それぞれが単独で優れた才能を持つだけではなく、コンビとしても強力である。人間離れした嗅覚を備え、人間ガスクロマトグラフィーと呼ばれる黒崎と、やはり人間離れした聴覚を備えた結城翠が組むと、相手の汗や鼓動の変化を嗅覚や聴覚で捕捉できるため、人間嘘発見器として機能するのである。こうした連中を百合根が四苦八苦しながらもチームとしてやんわりと纏《まと》め上げ、難事件を解決へと導くのだ。

さて、今回そのSTの面々が取り組むのは、新宿歌舞伎町での連続発火事件である。誰もいない部屋の中で不自然な発火が続くのだが、その背景にはどうやら中国マフィアの勢力争いがある模様。しかしながら、出火原因が皆目不明であり、STが駆り出されることとなったのだ。

それと並行して語られるのが、携帯電話のアダルトサイトでワンクリック詐欺にひっかかった青年がその恨みを晴らそうとする物語である。茂太というその若者は、所属劇団の仲間のつてをたどってチームを作り、自分を引っかけた奴への復讐を開始する。そのチームの一人が武術をたしなんでおり、その流れで黒崎勇治も一員としてチームに加わることになった……。

この二つの大きなストーリーが、寡黙なことこの上ない黒崎勇治を接点としつつ、この『ST　黒の調査ファイル』を形成しているのである。

■黒崎勇治

本書の特徴は、まず〝科学特捜班〟の名に恥じないSTの活躍である。謎の連続失火の真相をえぐり出すには、彼等の知識や知恵が、特に理系のセンスが不可欠であることを、本書は思い知らせてくれるのだ。

いくぶん乱暴な分類だが、青山翔を文系とすると、残りの四人は理系である。赤城左門は医学系ということで少々毛色が異なるが、黒崎勇治と山吹才蔵、それに結城翠の三人は、化学と物理を担当しており、これはもう典型的な理系である。だが、この

ST第二期においては、第二期第三作『ST　黄の調査ファイル』で中心人物となった山吹才蔵は、むしろ僧籍を持つ者としての側面を活用していたし、また、結城翠が主役であった第二期第四作『ST　緑の調査ファイル』は、彼女の聴覚が重視された作品であった。理系の人間を中心に据えつつ、作品そのものは理系ミステリではなかったのである。だが、本書はそうではない。きっちりと理系ミステリとして仕上がっているのである。

理系ミステリという言葉の定義は必ずしも確立しているわけではないが、理系知識を活かしたミステリとここでは緩やかにくくっておきたい（もう一つ、現代社会をおよそのベースにしていること、と条件を加え、SFミステリと区別しておくことにしよう）。代表例としては、『すべてがFになる』（一九九六年）でデビューした森博嗣の諸作品、あるいは『３０００年の密室』（一九九八年）でデビューした柄刀一の諸作品などがあげられるし、瀬名秀明『デカルトの密室』（二〇〇五年）などもそこに連ねてよかろう。東野圭吾の『探偵ガリレオ』（一九九八年）『予知夢』（二〇〇〇年）といった天才物理学者湯川学のシリーズでは、『容疑者Xの献身』（二〇〇五年）が二〇〇六年に直木賞を獲得するなど大きな反響を得ており、記憶に新しい。

そうした理系ミステリとしての魅力を、この『ST　黒の調査ファイル』は備えている。もともとこの《STシリーズ》はそうした要素を備えており、第三作『黒いモスクワ　ST　警視庁科学特捜班』（二〇〇〇年）にしても、第二期第一作『ST　青の調査ファイル』にしても、理系のネタが仕込まれていた。今野敏にとって理系ミステリはお手の物といえよう。今回の『ST　黒の調査ファイル』でも、著者は理系の仕掛けと犯人の人物造形を鮮やかに絡ませている。両者が実に有機的に一体化しているのだ。そこに是非ご注目を。

また、ワンクリック詐欺の加害者に復讐するという犯罪小説としての側面にも、本書ならではの特徴がある。素人揃いの復讐チームのなかで、唯一プロと呼べるのは黒崎だけ。その黒崎勇治は、警察の人間なのである。悪徳警官による犯罪小説など珍しくもないが、善玉の警察側の人間を中心に据えた犯罪小説は珍しい。しかも、黒崎は善玉としてシリーズを通して活躍してきている人物なのである。その黒崎勇治が、いくらワンクリック詐欺の被害者だったとはいえ、非合法な手段で相手を懲らしめようというチームの一員となっているのだ。果たして彼はそこで如何に活動していくのか。素人がプロの犯罪者たちを相手に挑む闘いの帰結への興味と同時に、黒崎がどのようなかたちで結末を迎えるのかという点についても興味が募る。シリーズの第八作目ではあるが、まだまだ新しい試みが盛り込まれた作品なのである。

その黒崎勇治だが、寡黙なことで知られている。どのくらい寡黙かに注目するのも、本書を読む愉しみといえよう。もっとも、初読時にはストーリーに導かれるまま一気に結末まで読み進んでしまうだろうから、この黒崎のセリフ探しは再読時のお愉しみということになるだろう。

黒崎勇治は本書において、STの活動と並行して復讐チームの一員としての単独行動をとっているが、《STシリーズ》第三作『黒いモスクワ　ST　警視庁科学特捜班』でも、似たような行動をとっている。もっとも、こちらは正式に休暇を認めてもらっての単独行動。彼が中伝免許を持つ美作竹上流を普及させるために、同門の者と二人でロシアに赴いたのである。結局その地にはSTの他の面々も続々とやってくる羽目になるのだが、その顚末については同書を参照されたい。怪僧ラスプーチンゆかりの教会での爆発事件や、それに関連するポルターガイスト現象、あるいは地下の理想郷シャンバラ伝説など、日頃のSTの活動では出くわさないような要素のなかでの彼等の活躍を愉しむことが出来る。黒崎も、本書と比較すれば、ほんのわずかではあるが饒舌《じょうぜつ》であるので、そちらも愉しめよう。

■空手道今野塾

黒崎勇治は、武道の達人として描かれている。

身長は一八〇センチ以上。全身を鍛えられた筋肉が覆っている。長い髪は後ろで結んでいる。そんな彼の趣味は武者修行。柔術を基本としつつ強力な当て身も特徴とする美作竹上流において、通常なら一〇年はかかるという中伝免許をわずか一年で獲得し、現在では奥伝まで極めているし、浅山一伝流の免許皆伝も持っているし、実戦空手も指導員クラスの実力者だ。『黒いモスクワ　ST　警視庁科学特捜班』では、彼がロシアでの指導中に、一九〇センチ一〇〇キロはあろうかという巨漢、しかも格闘技経験者らしい人物に自分の手首を握らせ、さりげない体重移動だけでその男を投げ飛ばす場面も描かれている。ロシアの連邦保安局FSBの将軍が欲しい人材として認めた人物なのである。そうしたキャラクターを造形する上で、今野敏ほど相応しい作家はいないだろう。

一九八五年に伝奇アクションあるいは超人拳法アクションと銘打たれた『聖拳伝説』シリーズを開始し、また、一九八九年からは武道の理想像の一つを表現してみたという『秘拳水滸伝』シリーズを発表し始めた今野敏は、一九九二年から一九九七年にかけて、『孤拳伝』という全十一巻の大河拳闘小説を世に問う。そして、その大作が完結した一九九七年には、大東流合気柔術の祖である武田惣角《たけだそうかく》という実在の人物を描いた『惣角流浪』を発表するといった具合に、実に様々な格闘小説、武道小説を今野敏は書いてきたのである。二〇〇〇年に入ってからもその勢いは止まず、《STシリーズ》《安積警部補シリーズ》《宇宙海兵隊ギガースシリーズ》や、吉川英治文学新人賞を獲得した警察小説『隠蔽捜査』（二〇〇五年）などの執筆と並行して、二人のまるでタイプの異なる天才格闘家が強さを極めていく『虎の道　龍の門』（上中下、二〇〇一年〜二〇〇二年）や、山嵐を生み出し、姿三四郎のモデルとなったという西郷四郎の半生を小説化した『山嵐』（二〇〇〇年）、さらに沖縄の文化であった唐手を日本に普及させる役割を果たした富名腰《ふなこし》義珍の生涯を描いた『義珍の拳』（二〇〇五年）など、重量感あふれる武道小説を発表し続けている。

しかもだ。今野敏は、彼自身が空手を教えているのである。そもそもはブルース・リーに憧れて始めたというが、三〇年を経た今では、自分の空手を教える立場になっているのだ。今野敏を塾長とする「空手道今野塾」は、沖縄の首里手の流れをくみ、実戦ではなく型を重視した空手道であり、東京のみならず、大阪、福山、岐阜、さらにはロシアにまで支部がある。つまり、それだけ様々な人が今野敏の空手を習いたいと思っているである。そんな今野敏が武道の達人として描く黒崎勇治が、生半可な存在であるわけがない。黙して語らず、しかも闘わずして相手を封じる黒崎勇治の活躍に注目いただくとともに、彼の造形の裏打ちとなっている今野敏の小説群にも是非目を通していただきたい。特に、沖縄空手の本質に迫った『義珍の拳』や、文庫化されて入手の容易な『虎の道　龍の門』は必読書としてお薦めしたい。この『ST　黒の調査ファイル』の読了後でもかまわないので、前者で表現された義珍の空手に関するひたむきな想いを知り、その空手家が闘いに挑むという意味を見事に表現した後者を読めば、本書の黒崎勇治の姿がより一層くっきりと見えてくることだろう。お試しあれ。

ちなみに余談だが、『義珍の拳』で義珍は、自分の道場では、一回練習に参加する際の会費を一〇〇〇円、年に四回の昇級試験と二回の昇段試験を実施、などと決めている。この会費と昇級昇段のシステムが、現在の今野塾でも維持されていることを知ると、なんだか今野敏の心意気が感じられるようで実に嬉しい。

■ナイファンチ

　さて、昨年五月から刊行が始まった《STシリーズ》第二期の文庫化だが、この『ST　黒の調査ファイル』でめでたく完了となる。この五冊の文庫化の間には、第三期の始まりを告げる『ST　為朝伝説殺人ファイル』が新刊として刊行されたり、『黒いモスクワ　ST　警視庁科学特捜班』でなじみ深いロシアを舞台に公安の捜査官とロシアのテロリストを描く『白夜街道』や、新人営業マン奮闘小説『膠着』といったノンシリーズ作品が刊行されるなど、今野敏の幅広い執筆活動は滞ることがない。

　さらに、本書が書店に並ぶころには、吉川英治文学新人賞に輝いた『隠蔽捜査』の続篇となる、『果断　隠蔽捜査2』も刊行されているだろう。インターネットでは、《安積警部補シリーズ》の新作『聖夜』の第一話も公開されており、無料で読むことが出来る。残念ながらST第三期の第二作以降がどうなるかは確固たる情報がないのだが、今野敏の新作を愉しめる状況はまだまだ続いている。

　それにしても――今野敏は何故こうも魅力的な作品を幅広くスピーディーに書き上げられるのだろうか。

　第二期全五冊の解説を担当し、今野敏という作家の作品に触れるたびにこうした疑問を抱き続けてきたのだが、今回、『義珍の拳』を（遅ればせながら）読んでみて、そのヒントを得たような気がする。

基本となる型を身につけているから、今野敏は書けるのだろう。首里手の沖縄唐手では、ナイファンチという一見すれば単に蟹のように横移動を繰り返すだけのような基本の型のなかに、すべての攻撃と防御の要素が詰まっている。また、その首里手は相手を攻めるためのものではなく、受けのなかで道を拓いていく唐手であり、それ故に、ボクサーであろうとフルコンタクトの空手家であろうと対応できるのだ。まさに今野敏の小説である。

武道小説であれ警察小説であれ伝奇小説であれ、今野敏にしてみれば、ナイファンチに立ち返れば書き上げることが出来るのだろう。型を知り、その研鑽《けんさん》を怠らない今野敏だからこそ、こうした執筆活動を繰り広げられるのだと思う。この《STシリーズ》にしても、五人の専門家と百合根キャップという基本形を維持しつつ、本格ミステリの謎解きや法廷ミステリの緊迫感、理系ミステリの斬新さなど、様々なタイプのミステリを呑み込んでいる。

今野敏――知れば知るほど凄味を感じさせる作家である。

●本書は二〇〇五年八月、小社ノベルスとして刊行されました。
（この作品はフィクションですので、登場する人物、団体は、
実在するいかなる個人、団体とも関係ありません。）

|著者| 今野 敏　1955年北海道三笠市生まれ。上智大学在学中の1978年「怪物が街にやってくる」で問題小説新人賞受賞。卒業後、レコード会社勤務を経て作家となる。2006年『隠蔽捜査』（新潮文庫）で吉川英治文学新人賞受賞。2008年『果断　隠蔽捜査２』（新潮文庫）で山本周五郎賞、日本推理作家協会賞受賞。2017年「隠蔽捜査シリーズ」で吉川英治文庫賞受賞。「空手道今野塾」を主宰し、空手、棒術を指導。主な近刊に『スクエア　横浜みなとみらい署暴対係』、『マル暴総監』、『サーベル警視庁』、『回帰　警視庁強行犯係・樋口顕』、『虎の尾　渋谷署強行犯係』、『アンカー』、『武士マチムラ』、『道標　東京湾臨海署安積班』、『棲月　隠蔽捜査７』、『カットバック　警視庁FCⅡ』、『任侠浴場』、『キンモクセイ』、『機捜235』、『呪護』、『炎天夢　東京湾臨海署安積班』、『STプロフェッション　警視庁科学特捜班』『継続捜査ゼミ』『変幻』（以上、講談社文庫）などがある。

ＳＴ《エスティー》 警視庁科学特捜班《けいしちょうかがくとくそうはん》 黒《くろ》の調査《ちょうさ》ファイル

今野《こんの》 敏《びん》

2007年５月15日第１刷発行
2020年12月16日第30刷発行

講談社文庫
定価はカバーに
表示してあります

発行者――渡瀬昌彦
発行所――株式会社 講談社
東京都文京区音羽2-12-21　〒112-8001
電話 出版 (03) 5395-3510
　　 販売 (03) 5395-5817
　　 業務 (03) 5395-3615

Printed in Japan

デザイン――菊地信義
本文データ制作―講談社デジタル製作
表紙印刷――豊国印刷株式会社
カバー印刷―大日本印刷株式会社
本文印刷・製本―株式会社講談社

ISBN978-4-06-275733-1

講談社文庫刊行の辞

二十一世紀の到来を目睫に望みながら、われわれはいま、人類史上かつて例を見ない巨大な転換期をむかえようとしている。

世界も、日本も、激動の予兆に対する期待とおののきを内に蔵して、未知の時代に歩み入ろうとしている。このときにあたり、創業の人野間清治の「ナショナル・エデュケイター」への志を現代に甦らせようと意図して、われわれはここに古今の文芸作品はいうまでもなく、ひろく人文・社会・自然の諸科学から東西の名著を網羅する、新しい綜合文庫の発刊を決意した。

激動の転換期はまた断絶の時代である。われわれは戦後二十五年間の出版文化のありかたへの深い反省をこめて、この断絶の時代にあえて人間的な持続を求めようとする。いたずらに浮薄な商業主義のあだ花を追い求めることなく、長期にわたって良書に生命をあたえようとつとめるところにしか、今後の出版文化の真の繁栄はあり得ないと信じるからである。

同時にわれわれはこの綜合文庫の刊行を通じて、人文・社会・自然の諸科学が、結局人間の学にほかならないことを立証しようと願っている。かつて知識とは、「汝自身を知る」ことにつきていた。現代社会の瑣末な情報の氾濫のなかから、力強い知識の源泉を掘り起し、技術文明のただなかに、生きた人間の姿を復活させること。それこそわれわれの切なる希求である。

われわれは権威に盲従せず、俗流に媚びることなく、渾然一体となって日本の「草の根」をかたちづくる若く新しい世代の人々に、心をこめてこの新しい綜合文庫をおくり届けたい。それは知識の泉であるとともに感受性のふるさとであり、もっとも有機的に組織され、社会に開かれた万人のための大学をめざしている。大方の支援と協力を衷心より切望してやまない。

一九七一年七月

野間省一

講談社文庫　目録

2020年9月15日現在